みんなが知らない

美女と野獣

なぜ王子は呪いをかけられたのか

著／セレナ・ヴァレンティーノ
訳／岡田好惠

講談社

もくじ

前《まえ》書《が》き

魔女《まじょ》が四人《にん》とお姫様《ひめさま》も登場《とうじょう》！いったいどんな展開《てんかい》に？

みなさん、『美女《びじょ》と野獣《やじゅう》』のお話《はなし》、知《し》っていますか？

題名《だいめい》だけは、誰《だれ》でも聞《き》いたことがあるかもしれません。絵本《えほん》や、アニメや実写《じっしゃ》の映《えい》画《が》を見《み》たことがある人《ひと》も、きっとおおぜい、いらっしゃることでしょう。

ここで、名作《めいさく》の冒頭《ぼうとう》をちょっと、おさらいしてみると——。

遠《とお》いむかし、若《わか》い王子《おうじ》の城《しろ》に、よぼよぼの老女《ろうじょ》がやってきて、王子《おうじ》に一輪《りん》のばらを差《さ》し出《だ》し、お城《しろ》に一晩《ひとばん》とめてくださいと頼《たの》みます。王子《おうじ》が老女《ろうじょ》のみにくさを理由《りゆう》に断《ことわ》ると、とたんに老女《ろうじょ》は若《わか》く美《うつく》しい魔女《まじょ》に早変《はやが》わりし、王子《おうじ》と城《しろ》に呪《のろ》いをかけ、王子《おうじ》を野獣《やじゅう》に変《か》えると宣言《せんげん》。持《も》っていたばら（魔法《まほう》のばらなんですね！）を王子《おうじ》にわたし、その花《はな》びらがすべて散《ち》るまでに、真《しん》に愛《あい》し愛《あい》される相手《あいて》を見《み》つけなければ、王子《おうじ》と城《しろ》にかけられた呪《のろ》いは永久《えいきゅう》に解《と》けないと言《い》い置《お》いて立《た》ち去《さ》る——とまあ、アニメも絵本《えほん》も、だいたい、こんな具合《ぐあい》に始《はじ》まります。

ところが、この本《ほん》では、魔女《まじょ》は老女《ろうじょ》ではなく、すばらしく美《うつく》しい娘《むすめ》で、三人《にん》のとんでもないお姉《ねえ》さんたちに守《まも》られているのです。もちろんベルも野獣《やじゅう》も、コグスワースもルミエールもポット夫人《ふじん》もチップも、ベルのお父《とう》さんも、あのいばりやのガストンも登場《とうじょう》。ついでに隣《となり》の国《くに》のお姫様《ひめさま》までやってくる、というにぎやかさ。

原作《げんさく》を知《し》っている人《ひと》には、びっくりするような展開《てんかい》ですが、読《よ》み終《お》わると、これも間違《まちが》いなく『美女《びじょ》と野獣《やじゅう》』だと納得《なっとく》するはずです。さてここで質問《しつもん》。

王子《おうじ》はなぜ、呪《のろ》いをかけられたんでしたっけ？

さあ、ページをめくって、そのほんとうの理由《りゆう》を見《み》つけてください！

みんなが知らない
美女と野獣
なぜ王子は呪いをかけられたのか

1 ばら園《えん》の魔女《まじょ》たち

野獣《やじゅう》は一人《ひとり》で、日《ひ》が暮《く》れたばら園《えん》にたたずんでいました。

今《いま》や盛《さか》りのばらは、次々《つぎつぎ》とつぼみを開《ひら》き、葉《は》を広《ひろ》げ、枝《えだ》を伸《の》ばし、生《い》き物《もの》のように彼《かれ》を取《と》り囲《かこ》みます。強《つよ》くかぐわしい花《はな》の香《かお》りのなかで、野獣《やじゅう》は思《おも》わず目《め》を閉《と》じました。

(ばらよ、そのとげで不安《ふあん》に高鳴《たかな》るこの心臓《しんぞう》を突《つ》いて、わが命《いのち》を終《お》わらせてくれ。)

と、ひそかに念《ねん》じた日々《ひび》もありました。

けれども今《いま》、野獣《やじゅう》の心臓《しんぞう》は、一人《ひとり》の娘《むすめ》への思《おも》いに高鳴《たかな》っていました。

彼《かれ》がとらえ、城《しろ》に閉《と》じこめている娘《むすめ》――ベルという名《な》の、その美《うつく》しい娘《むすめ》は、ゆうかんにも、自《みずか》ら父親《ちちおや》の身代《みが》わりとして、野獣《やじゅう》の囚人《しゅうじん》となったのでした。

（いったい、どういう娘《むすめ》だ？　いくら父親《ちちおや》を愛《あい》しているとはいえ、自《みずか》らの自由《じゆう》が一生《いっしょう》うばわれるのだぞ……。）

野獣《やじゅう》はため息《いき》をつくと目《め》を開《あ》け、咲《さ》き誇《ほこ》る花《はな》のあいだから自分《じぶん》の城《しろ》を見上《みあ》げました。

黒《くろ》く巨大《きょだい》な城館《じょうかん》。天《てん》を激《はげ》しく突《つ》き刺《さ》す尖塔《せんとう》。かつては明《あか》るく優美《ゆうび》に見《み》えたはずの城《しろ》の姿《すがた》が、今《いま》はなんと暗《くら》く恐《おそ》ろしげに見《み》えることでしょう。

次《つぎ》の瞬間《しゅんかん》、呪《のろ》いにかかる前《まえ》の城《しろ》の姿《すがた》が、野獣《やじゅう》の頭《あたま》に浮《う》かびました。

この国《くに》で一番高《いちばんたか》い山《やま》の頂上《ちょうじょう》に、山《やま》そのものから切《き》り出《だ》されたようにそそりたっている城《しろ》。まわりには危険《きけん》な野生《やせい》の動物《どうぶつ》たちがひそむ、深《ふか》い緑《みどり》の森《もり》があります。

最後《さいご》に森《もり》に行《い》ったのは何年前《なんねんまえ》のことだったろうと、野獣《やじゅう》は思《おも》いました。

月《つき》が、城館《じょうかん》からばら園《えん》につづく道《みち》の両側《りょうがわ》にずらりと並《なら》んだ石像《せきぞう》を照《て》らし出《だ》しました。こんな不気味《ぶきみ》な石像《せきぞう》がむかしからあったかどうか、野獣《やじゅう》にはどうしても思《おも》い出《だ》せませんでした。魔女《まじょ》たちがこの城《しろ》に呪《のろ》いをかけると、すべてが変《か》わりました。城《しろ》が一《いっ》体《たい》となって、野獣《やじゅう》をつけ狙《ねら》いだしたのです。城《しろ》の正面玄関《しょうめんげんかん》は今《いま》も、大口《おおぐち》を開《あ》けて彼《かれ》を飲《の》みこもうと待《ま》ち受《う》け、石像《せきぞう》たちは牙《きば》をむいて襲《おそ》いかかってきそうです。呪《のろ》いをかけられてから何年《なんねん》もが過《す》ぎ、野獣《やじゅう》は呪《のろ》いというものにも、だいぶなじんできました。とはいえ常《つね》に見張《みは》られているという感《かん》じにだけは、どうしても耐《た》え慣《な》れません。

まだ人間《にんげん》の姿《すがた》をしていたとき、野獣《やじゅう》はよく森《もり》へ狩《か》りに出《で》かけました。それが野獣《やじゅう》の姿《すがた》になってからは、逆《ぎゃく》に自分《じぶん》が狙《ねら》われる身《み》となり、恐怖《きょうふ》のあまり城《しろ》の西《にし》の塔《とう》に逃《に》げこんで、城《しろ》の外《そと》へ一歩《いっぽ》も出《で》なくなりました。そして、けっして鏡《かがみ》を見《み》ようとはしませんでした。もし鏡《かがみ》をのぞけば、そこにどんなおぞましい姿《すがた》が映《うつ》るかは、よくわかっていたからです。

呪《のろ》いが効《き》き始《はじ》めたとき、野獣《やじゅう》は自分《じぶん》の顔《かお》が少《すこ》しずつ変《か》わっていくのにおびえました。

(しわがふえた。急《きゅう》にふえた！　これは――呪《のろ》いのせいか？　まさか！)

野獣《やじゅう》は毎日《まいにち》、びくびくしながら鏡《かがみ》をのぞきました。顔《かお》はどんどん老《ふ》けて、険《けわ》しくなっていき――最後《さいご》に鏡《かがみ》に映《うつ》ったのは、世《よ》にも恐《おそ》ろしい野獣《やじゅう》の姿《すがた》。あわてふためいた野獣《やじゅう》は、城《しろ》じゅうの鏡《かがみ》をすべて割《わ》り、西《にし》の塔《とう》の自室《じしつ》に積《つ》み上《あ》げました。凶暴《きょうぼう》なふるまいは恐《おそ》ろしい顔《かお》をさらに恐《おそ》ろしくし、野獣《やじゅう》は、ますます暗《くら》く、乱暴《らんぼう》になりました。

そして野獣《やじゅう》は、ひとりの娘《むすめ》と出会《であ》ったのです。父親《ちちおや》のため、城《しろ》に乗《の》りこんできた娘《むすめ》と。

野獣《やじゅう》は、ばら園《えん》の右手《みぎて》にひろがる大《おお》きな池《いけ》に足《あし》を向《む》けようとしました。自分《じぶん》のみにくい姿《すがた》が映《うつ》らないように用心《ようじん》しつつ、池《いけ》の銀色《ぎんいろ》の水面《すいめん》にひろがるさざ波《なみ》を見《み》つめるのは、呪《のろ》いを受《う》けた野獣《やじゅう》の、ささやかななぐさめでした。

そこにもう一つ、新《あら》たななぐさめが加《くわ》わるかもしれません。

ベル――野獣《やじゅう》は、この美《うつく》しくゆうかんな娘《むすめ》と、いつか話《はなし》をしてみたいと思《おも》っていました。でも、なかなか踏《ふ》み切《き》ることができません。

（相手《あいて》は賢《かしこ》い娘《むすめ》だ。うっかり打《う》ち明《あ》け話《ばなし》をして、わたしの運命《うんめい》は彼女《かのじょ》の手《て》のなかにある、と気《き》づかれたら、まずいことになる。）

野獣《やじゅう》がうつむいたとたん、三人分《にんぶん》の、小《ち い》さなブーツの足音《あしおと》が、聞《き》こえてきました。魔女《まじょ》の三姉妹《しまい》、ルシンダと、ルビーと、マーサがやってきたのです。真《ま》っ黒《くろ》な巻《ま》き毛《げ》、青白《あおじろ》い顔《かお》、赤《あか》ん坊《ぼう》のように赤《あか》くぷっくりしたくちびる。そっくりな姿《すがた》の三人《にん》が、つかつかとばら園《えん》に入《はい》ってくると、野獣《やじゅう》の前《まえ》で立《た》ち止《ど》まりました。三つの顔《かお》、そまつな黒衣《こくい》、それぞれの髪《かみ》につけた羽飾《はねかざ》りが月光《げっこう》を浴《あ》びて、あやしくゆらぎます。魔女《まじょ》たちは、目《め》と目《め》で会話《かいわ》を始《はじ》めました。ときどき野獣《やじゅう》にちらりと目《め》をやると、頭《あたま》と手《て》を小鳥《ことり》のようにせわしく動《うご》かし、目《め》でうなずき合《あ》うのです。野獣《やじゅう》は、そ知《し》らぬ顔《かお》で黙《だま》っていました。

この三人《にん》は前々《まえまえ》から、気《き》が向《む》くと、野獣《やじゅう》の都合《つごう》などかまわず、勝手《かって》に城《しろ》へ乗《の》りこんでくるのでした。訪問《ほうもん》する前《まえ》には一声《ひとこえ》をと、なんど言《い》っても聞《き》きません。野獣《やじゅう》はもうすっかりあきらめて、好《す》きなようにさせています。

三《み》つ子《ご》のような魔女《まじょ》たちは、顔《かお》を見合《みあ》わせ、きゃっきゃっと笑《わら》いました。いつものように、ルシンダが、まず口《くち》を開《ひら》きました。

「それで、野獣《やじゅう》。おまえはとうとう、かわいい娘《むすめ》を、つかまえたわけだね。」

野獣《やじゅう》は魔女《まじょ》たちに、ベルのことをどうして知《し》ったとはたずねませんでした。三人《にん》の魔女《まじょ》の手口《てぐち》は、かんたんに想像《そうぞう》がつくのです。でも、それをわざわざ確認《かくにん》する必要《ひつよう》もないでしょう。

「ねえ、野獣《やじゅう》。あたしたちは、とても驚《おどろ》いているのよ。」

マーサが、薄青色《うすあおいろ》の目《め》をわざとらしくまん丸《まる》にして言《い》いました。

「ほおんと、びっくり。おまえ、がんばったわねえ。」

ルビーが赤《あか》すぎるくちびるを、ひくひく動《うご》かして笑《わら》いました。

「あのかわいこちゃんは、森《もり》で狩《か》りをしてつかまえたわけ？」

ルシンダが、冷《ひ》やかすような調子《ちょうし》でつづけます。

「よくまあ、狩人《かりゅうど》たちにつかまらなかったわねえ？　野獣《やじゅう》。」

マーサが、低《ひく》い声《こえ》で笑《わら》い、

「狩人《かりゅうど》たちにしとめられて、その首《くび》を村《むら》の酒場《さかば》の壁《かべ》に飾《かざ》られればよかったのに！」

ルシンダが、吐《は》き捨《す》てるように言《い》いました。すると、

「けもののくせに、なんで今《いま》でも、服《ふく》なんか着《き》ているのよ！」

ルビーが、激《はげ》しく問《と》いつめ、

「せめて、人間《にんげん》だったことを忘《わす》れないためとか？　きゃっきゃっきゃ！」

マーサとルシンダが声《こえ》を合《あ》わせ、からかうように笑《わら》いました。

野獣《やじゅう》は、ただ黙《だま》って耐《た》えていました。魔女《まじょ》たちが怖《こわ》いからではありません。ふいに、自分《じぶん》の恐《おそ》ろしい性質《せいしつ》、けものの本性《ほんしょう》を思《おも》い出《だ》したからです。

ルシンダがいきなり手鏡《てかがみ》を野獣《やじゅう》に突《つ》きつけました。そこには、大《おお》きな口《くち》を開《あ》け、牙《きば》をむく恐《おそ》ろしいけものが映《うつ》っています。

自分《じぶん》に歯向《はむ》かう者《もの》、逃《に》げる者《もの》、いや動《うご》くものはすべて、手当《てあ》たり次第《しだい》に襲《おそ》ってぶちのめし、骨《ほね》を裂《さ》き、肉《にく》を食《く》らい、血《ち》をなめようとする、恐《おそ》ろしいけものが。

思《おも》わず野獣《やじゅう》が、今《いま》こそ、かぎ爪《づめ》でにくい三人《にん》の魔女《まじょ》ののどを、次々《つぎつぎ》にかっ切《き》ってやろうと、前足《まえあし》を上《あ》げたとたん、

「それこそ、あたしたちがおまえに期待《きたい》したことよ、野獣《やじゅう》。」

ルシンダが勝《か》ち誇《ほこ》ったように言《い》いました。すかさずマーサが、

「だいたいね、こんなやつが、あの娘《むすめ》の心《こころ》を射止《いと》められると思《おも》う？　むりよ、ぜったい。どんなにあがいても、呪《のろ》いは解《と》けるもんですか。」

と、冷《つめ》たく言《い》い放《はな》ちました。するとすぐ、

「なにせ、こんな姿《すがた》だもんね。」

ルシンダがつけ加《くわ》えました。

「じゃ、ベルに自分《じぶん》がむかしどんな姿《すがた》だったかを見《み》せてやれば？　まあ、あわれみは買《か》えるでしょ。でも愛《あい》は買《か》えない。きゃあ、きゃっきゃっきゃ！」

ルビーの耳《みみ》ざわりな笑《わら》い声《ごえ》が、ばら園《えん》に満《み》ちました。

かつての野獣《やじゅう》なら、すぐにも三人《にん》にとびかかったことでしょう。けれども、いちいち挑発《ちょうはつ》に乗《の》っていれば、三人《にん》をますます調子《ちょうし》づかせるようなもの。野獣《やじゅう》は必死《ひっし》で怒《いか》りをおさえ、静《しず》かに立《た》って、魔女《まじょ》たちのいじめの時間《じかん》が終《お》わるのを待《ま》っていました。

マーサがまた口《くち》を開《ひら》きました。

「さて、野獣《やじゅう》、あたしたち魔女《まじょ》が呪《のろ》いをかける前《まえ》に言《い》ったことは、覚《おぼ》えてる？　万《まん》一《いち》、忘《わす》れていたときのために、ここでもう一度《いちど》、言《い》ってあげる。しっかり思《おも》い出《だ》すといいわ。あたしたちの呪《のろ》いを解《と》くためには、おまえが誰《だれ》かを愛《あい》し、おまえの愛《あい》が、真《しん》実《じつ》の愛《あい》のキスによって報《むく》われなければならない。それも、おまえの二十一歳《さい》の誕生日《たんじょうび》がくる前《まえ》に。

ベルはこの城《しろ》になんらかの魔法《まほう》がかけられていることに気《き》がついているだろうけど、それが呪《のろ》いだとは思《おも》いもしないだろうね。

ましてや呪《のろ》いの理由《りゆう》を知《し》ったら、それはもうますます怖《こわ》がるだろうね、おまえを。」

野獣《やじゅう》はぼんやりと、三人《にん》の魔女《まじょ》を見《み》つめました。

マーサはくすくす笑《わら》うと、つづけました。

「ベルが呪《のろ》いのことを知《し》らないのは、おまえにとって唯一《ゆいいつ》の救《すく》いだよ。あの娘《むすめ》が、この城《しろ》でたった一つ怖《こわ》がるものは――ほかでもない、おまえの、その顔《かお》なんだからねえ。」

するとルシンダが調子《ちょうし》を合《あ》わせて言《い》いました。

「ところで野獣《やじゅう》、あのばらを、最後《さいご》に見《み》たのは——いつだっけ？」

野獣《やじゅう》は、あのガラスのケースに入《はい》ったばらを無視《むし》し、忘《わす》れようとしていました。

そして野獣《やじゅう》は今《いま》、気《き》づいたのです。今晩《こんばん》、魔女《まじょ》たちがやってきたのは、あのばらの花《はな》の最後《さいご》のひとひらが、もうすぐ落《お》ちることを知《し》らせるためだったのです。けれども三人《にん》ははっきりそう言《い》わず、野獣《やじゅう》が暴力《ぼうりょく》をふるうよう、けしかけただけでした。彼女《かのじょ》たちの思《おも》いどおりに、野獣《やじゅう》が暴力《ぼうりょく》をふるい、さらに気分《きぶん》が沈《しず》むのを見《み》て、喜《よろこ》ぶために。

「やっとわかったみたいね。それは、もうすぐ。そう、まもなくのこと。」

ルシンダのかん高《だか》い声《こえ》が聞《き》こえました。

「もうすぐ、最後《さいご》の花《はな》びらが落《お》ちる。そうしたらおまえにはもう、二度《にど》と前《まえ》の姿《すがた》にもどるチャンスはない。」

マーサがうれしそうにつづけます。すると、

「そして、その日《ひ》……あたしたちは踊《おど》るのよ！　お祝《いわ》いの踊《おど》りをねえ！」

ルシンダとルビーが声《こえ》を合《あ》わせてさけびました。

「では、ほかの者《もの》たち——姿《すがた》が見《み》えなくなった使用人《しようにん》たちは？　呪《のろ》いをかけられたままなのか？」

野獣《やじゅう》がふいに聞《き》きました。ルビーは、目《め》をぱちくりさせました。

「ねえ！　それって思《おも》いやり？　こいつに思《おも》いやりなんて——似合《にあ》わないわよね？」

「そうよ、こいつは、自分《じぶん》のことばっかり！」

「他人《たにん》なんてどうでもいいのに、なぁぜだ？」

ルシンダとマーサが口々《くちぐち》にさけびます。すると、

「それはねえ、自分《じぶん》が呪《のろ》いを解《と》かないと、使用人《しようにん》たちに何《なに》をされるかわからないと思《おも》っているからよ。ずるい、いくじなしの、けものよ！」

ルビーが自信《じしん》たっぷりに言《い》いました。

「あんた、大正解《だいせいかい》よ！　ルビー。」

ルシンダが言《い》うと、ルビーはにんまり笑《わら》い、小声《こごえ》で言《い》いました。

「あたしね、使用人《しようにん》たちが、こいつに何《なに》をするか、見《み》てみたい。」

「それは、さぞ、おぞましい見《み》ものでしょうね、ルビーちゃん。」

マーサがにやりとうなずくと、

「そして、あたしたち、そのおぞましい見《み》ものを、目《め》の前《まえ》で見《み》られるのよ、ふう！」

ルシンダはうっとり笑《わら》って、野獣《やじゅう》を見《み》つめました。そして、

「忘《わす》れないでよ、野獣《やじゅう》！　一、両思《りょうおも》い、二、真実《しんじつ》のキス、三、最後《さいご》の花《はな》びらが落《お》ちる前《まえ》に！　きゃっはっは！」

ルビーが金切《かなき》り声《ごえ》でそうさけぶと、三人《にん》の魔女《まじょ》たちは、とがったつま先《さき》のブーツをカツカツカツと鳴《な》らして、野獣《やじゅう》のばら園《えん》から、勝《か》ち誇《ほこ》ったように去《さ》っていきました。

魔女《まじょ》たちの足音《あしおと》は少《すこ》しずつ遠《とお》のき、その姿《すがた》はとつぜん霧《きり》のなかに消《き》え——。

やがて、何《なに》も聞《き》こえなくなりました。

2 拒絶《きょぜつ》

野獣《やじゅう》はため息《いき》をつき、石《いし》のベンチにすわりこみました。目《め》の前《まえ》に、つばさを広《ひろ》げたライオンのような形《かたち》の影《かげ》ができています。ベンチの横《よこ》の石像《せきぞう》の影《かげ》と野獣《やじゅう》の影《かげ》が重《かさ》なった、ふしぎな影《かげ》……。

(わたしは今《いま》、いったい、どんな姿《すがた》になっている?)

野獣《やじゅう》が大《おお》きな頭《あたま》に手《て》をやった瞬間《しゅんかん》、月光《げっこう》が差《さ》し、ふしぎな影《かげ》はまたたくまにくずれてしまいました。

野獣《やじゅう》はつばさを広《ひろ》げた大《おお》きな石像《せきぞう》に目《め》を移《うつ》しました。男《おとこ》とも女《おんな》ともとれるおだやかな白《しろ》い顔《かお》。片方《かたほう》の手《て》には銅《どう》の燭台《しょくだい》、もういっぽうの手《て》は、早《はや》く檻《おり》へもどれとばかりに、城《しろ》の玄関《げんかん》をまっすぐ指《さ》しています。

野獣《やじゅう》はしぶしぶ城館《じょうかん》にもどり、玄関《げんかん》でふり返《かえ》りました。燭台《しょくだい》の灯《ひ》は今《いま》やホタルの光《ひかり》のように小《ちい》さくなっています。

「好《す》きなときに、こそこそと、もどってくるがいい！」

野獣《やじゅう》は、吐《は》き捨《す》てるようにつぶやきました。この城《しろ》の石像《せきぞう》はどれも、野獣《やじゅう》の目《め》の前《まえ》では、けっして動《うご》きません。けれども野獣《やじゅう》が目《め》をそらしたすきに動《うご》きだし、あっというまに近《ちか》づいてくるのです。

野獣《やじゅう》は思《おも》わず身震《みぶる》いし、三人《にん》の魔女《まじょ》に言《い》われたことを考《かんが》えながら、広《ひろ》い廊下《ろうか》を歩《ある》きだしました。

（――彼女《かのじょ》は、どのようにして城《しろ》の呪《のろ》いに気《き》づくだろうか……。

呪《のろ》いをかけられた使用人《しようにん》たちが、彼女《かのじょ》にわかるのか？）

野獣《やじゅう》はライオンのような頭《あたま》をふりました。

最初《さいしょ》の角《かど》を曲《ま》がると、たしか石像《せきぞう》が一つあったはず。

けれども、そこに石像《せきぞう》はなく、飾《かざ》り棚《だな》に見《み》たことがあるような燭台《しょくだい》が一つ、ぽつんと置《お》かれていました。燭台《しょくだい》のろうそくは消《き》えたばかり。細《ほそ》い煙《けむり》がリボンのように天井《てんじょう》に向《む》かっています。ばら園《えん》の石像《せきぞう》が持《も》っていた燭台《しょくだい》がここに？

野獣《やじゅう》はため息《いき》をつき、どすどすと歩《ある》きつづけます。少《すこ》し先《さき》に、ドアが一つ。ベルの部屋《へや》です。細《ほそ》く開《あ》いたドアに向《む》かって、誰《だれ》かが、フランス語《ご》なまりで熱心《ねっしん》に何《なに》かをささやいています。野獣《やじゅう》は物《もの》かげにかくれ、聞《き》き耳《みみ》を立《た》てました。

「いやよ！　お断《ことわ》り！　あんな怪物《かいぶつ》といっしょに食事《しょくじ》なんかしたくないわ！」

若《わか》い娘《むすめ》の、激《はげ》しく言《い》い返《かえ》す声《こえ》が聞《き》こえ、ばたんとドアが閉《し》まりました。

（怪物《かいぶつ》だと！　このわたしを〝怪物《かいぶつ》〟だと？）

野獣《やじゅう》はかっとし、

「来《こ》なくてもかまわん！　そのかわり、何《なに》一つ、食《た》べさせんぞ！」

と言《い》って、西《にし》の塔《とう》の階段《かいだん》をどすどすとかけ上《あ》がり、穴《あな》ぐらのような自分《じぶん》の部屋《へや》に向《む》かいました。大《おお》きな部屋《へや》の分厚《ぶあつ》いカーテンの破《やぶ》れ目《め》から、ひとすじの月光《げっこう》が差《さ》しこんでいます。中央《ちゅうおう》には、白《しろ》い虫食《むしく》い布《ぬの》におおわれた鏡《かがみ》の山《やま》。どの鏡《かがみ》も野獣《やじゅう》が、力《ちから》まかせに打《う》ち割《わ》ったものです。その向《む》こうには引《ひ》きさかれた肖像画《しょうぞうが》。かつての野獣《やじゅう》の顔《かお》が、あざ笑《わら》うようにこちらを見《み》つめています。

野獣《やじゅう》はまた身震《みぶる》いし、せめてだんろの火《ひ》を起《お》こそうとしました。しかし、かぎ爪《づめ》のある大《おお》きな前足《まえあし》はマッチをつかめず、壁《かべ》の松明《たいまつ》もつけられません。

野獣《やじゅう》はくやしさにうなると、だんろの灰《はい》かきを、けとばしました。

呪《のろ》いの魔力《まりょく》を確信《かくしん》したその日《ひ》から、野獣《やじゅう》は魔女《まじょ》たちのあざけりからのがれるように、西《にし》の塔《とう》へかけこみました。この薄暗《うすぐら》い部屋《へや》に引《ひ》きこもって、恐《おそ》れと怒《いか》りと八《や》つ当《あ》たりに、一日《いちにち》の大半《たいはん》を費《つい》やしたのです。

魔女《まじょ》たちは、けものの本性《ほんしょう》というものを知《し》っています。そこで、ふらりと現《あらわ》れては、意味《いみ》のない言葉《ことば》とばか笑《わら》いで、野獣《やじゅう》の怒《いか》りをかき立《た》てようとしました。野獣《やじゅう》は、

（こんな魔女《まじょ》どもの挑発《ちょうはつ》に乗《の》ってたまるか！　かつては王子《おうじ》だったわたしが。）

と、必死《ひっし》で自分《じぶん》をおさえました。しかし呪《のろ》いは消《き》えるどころか、強《つよ》くなる一方《いっぽう》です。

そんなある晩《ばん》、一夜《いちや》の宿《やど》をと、城《しろ》の門《もん》をたたいた老人《ろうじん》が、野獣《やじゅう》の恐《おそ》ろしい姿《すがた》をひと目《め》見《み》ると、悲鳴《ひめい》を上《あ》げて逃《に》げ出《だ》そうとしました。野獣《やじゅう》が怒《いか》りにまかせて老人《ろうじん》をとらえると、その娘《むすめ》が乗《の》りこんできて、父親《ちちおや》の代《か》わりに、とらわれの身《み》となったのです。

（あの娘《むすめ》は、ベルは——わたしを怪物《かいぶつ》と呼《よ》んだ。怪物《かいぶつ》と恋《こい》をしたいと思《おも》う娘《むすめ》がいるか？）

野獣《やじゅう》は、どさっとベッドに腰《こし》かけ、ぼさぼさの髪《かみ》をかきむしりました。

魔女《まじょ》たちは、ベルこそ呪《のろ》いを解《と》く最後《さいご》の鍵《かぎ》だとほのめかしました。

（だが、この姿《すがた》では……。）

野獣《やじゅう》は大《おお》きな頭《あたま》をふるわせ、かつての自分《じぶん》の姿《すがた》を思《おも》いました。ハンサムで、身《み》なりもすばらしく、少々《しょうしょう》えらそうに見《み》えたかもしれませんが、ひと目《め》でたいていの娘《むすめ》を夢《む》中《ちゅう》にさせることができた王子《おうじ》。恋人候補《こいびとこうほ》はより取《ど》りみどり。しかも、とびきり美《うつく》しい娘《むすめ》しか相手《あいて》にしませんでした。でも今《いま》は……。

（この姿《すがた》で、どうやってベルをふり向《む》かせることができる！）

野獣《やじゅう》はいらいらと、あたりを見回《みまわ》しました。長《なが》らくシーツを替《か》えていないベッド。ほこりだらけの窓《まど》とゆか。

（せめて人間《にんげん》らしい生活《せいかつ》を……。）

でもそう思《おも》った瞬間《しゅんかん》、ベルに怪物《かいぶつ》と呼《よ》ばれたときの激《はげ》しい怒《いか》りがよみがえりました。けものが本性《ほんしょう》にもつ、たけだけしさが。野獣《やじゅう》は立《た》ち上《あ》がり、どすどすとだんろに近寄《ちかよ》ると、その横《よこ》から一枚《まい》の手鏡《てかがみ》を持《も》ち出《だ》しました。呪《のろ》いをかけられた日《ひ》、魔女《まじょ》たちから押《お》しつけられた鏡《かがみ》です。野獣《やじゅう》は鏡《かがみ》を自分《じぶん》に向《む》け、とたんにのけぞりました。

鏡《かがみ》に映《うつ》る顔《かお》には、過去《かこ》の自分《じぶん》の本性《ほんしょう》が一つ残《のこ》らず、見《み》るも恐《おそ》ろしいしわとなって、刻《きざ》まれていたのです。わがままで、みえっぱりで、冷酷《れいこく》で、意地悪《いじわる》で……。

（怪物《かいぶつ》だ。たしかにこれは、まぎれもなく怪物《かいぶつ》の顔《かお》だ！）

野獣《やじゅう》は鏡《かがみ》のなかのみにくい顔《かお》を、改《あらた》めて見《み》つめました。うすうす予想《よそう》してはいたものの、じっくり見《み》ると、ここまでひどくなっていたとは！

けれども野獣《やじゅう》は変《か》わり果《は》てた姿《すがた》のなかで、一つだけ変《か》わっていないものがあることに気《き》づいていませんでした。瞳《ひとみ》です。かつて王子《おうじ》だったときのままです。ただ、その青《あお》い瞳《ひとみ》は深《ふか》い悲《かな》しみに満《み》ちていました。

(ああ、なぜだ！　なぜ、わたしはこんな姿《すがた》にならねばならない？)

野獣《やじゅう》は、目《め》の前《まえ》が真《ま》っ暗《くら》になり、鏡《かがみ》の前《まえ》にくずれ落《お》ちました。するとつぜん、これまでのさまざまな出来事《できごと》が、まぶたの裏《うら》によみがえってきました。過去《かこ》の自分《じぶん》、おぞましい野獣《やじゅう》の姿《すがた》になる前《まえ》の自分《じぶん》が——。

3 王子《おうじ》

呪《のろ》いを受《う》ける前《まえ》、王子《おうじ》は人生《じんせい》を、思《おも》いのままに楽《たの》しんでいました。

ところがいい気《き》になって、どんどん、ひどいことをするようになったのです。

とはいえ、王子《おうじ》には王子《おうじ》の事情《じじょう》があるはず。

まずは、それを述《の》べるのが、公平《こうへい》というものでしょう。

このお話《はなし》の王子《おうじ》は、幼《おさな》いときに両親《りょうしん》を亡《な》くしました。使用人《しようにん》たちは相談《そうだん》し、孤児《こじ》となった王子《おうじ》を、自分《じぶん》たちでだいじに守《まも》り育《そだ》てることに決《き》めました。王子《おうじ》は見《み》るからに愛《あい》らしい子《こ》どもでしたから、みんなに思《おも》い切《き》り甘《あま》やかされて育《そだ》ちました。しかも聡明《そうめい》で、自分《じぶん》が王子《おうじ》という、とくべつ有利《ゆうり》な立場《たちば》にいることを、よく心得《こころえ》ていました。

おとぎ話《ばなし》の王子《おうじ》はたいてい、高潔《こうけつ》でハンサムな若者《わかもの》です。眠《ねむ》れる美女《びじょ》をもとめて森《もり》をさまよい、ドラゴンと戦《たたか》い、最初《さいしょ》のキスで美女《びじょ》を目覚《めざ》めさせ、パステルカラーの礼《れい》服《ふく》に金色《きんいろ》の懸章《けんしょう》という姿《すがた》で結婚式《けっこんしき》にのぞむ――それが王子《おうじ》の理想像《りそうぞう》。けれどもこのお話《はなし》の王子《おうじ》は、もっと現実的《げんじつてき》でした。幼《おさな》いときから、ドラゴンたいじと花嫁《はなよめ》さがしは別《べつ》物《もの》だと、いつも思《おも》っていたのです。やがて、恋《こい》ができるほどに成長《せいちょう》すると、狩《か》りでしとめた獲物《えもの》をかついで酒場《さかば》に入《はい》れば、若《わか》い娘《むすめ》たちの熱烈《ねつれつ》なキスが待《ま》っていることを知《し》りました。若《わか》い王子《おうじ》は、狩《か》りとたわむれの恋《こい》の日々《ひび》を楽《たの》しんでいました。

王子《おうじ》といっしょになって、狩《か》りをしていたのが、幼友《おさなとも》だちの、ガストンという若者《わかもの》でした。ある日《ひ》、ガストンは一《ひと》にぎりのコインをバーのカウンターに置《お》き、

「今夜《こんや》はおれのおごりだ！　王子様《おうじさま》のご婚約《こんやく》を祝《しゅく》してな。」

とさけびました。男《おとこ》たちはやんやと喝采《かっさい》し、ウェイトレスたちは、がっかりして大《おお》きなため息《いき》とともに涙《なみだ》を流《なが》しました。王子《おうじ》が満足《まんぞく》そうにほほえむと、ガストンは、

「未来《みらい》の美《うつく》しい王妃《おうひ》の名《な》は、キルケ！　王子様《おうじさま》は幸運《こううん》な男《おとこ》だ！　もし、親友《しんゆう》でなけ

りゃ、おれが黙《だま》っちゃいなかったけどな。」

と言《い》って、がははと笑《わら》いました。

ガストンは、王子《おうじ》の親友《しんゆう》で、忠実《ちゅうじつ》な家臣《かしん》でもありました。

そして王子《おうじ》は、ガストンの自慢話《じまんばなし》を、いつも笑《わら》って聞《き》き流《なが》していました。がっちりしたあごや、毛《け》むくじゃらの胸《むね》を見《み》せびらかし、村《むら》の大通《おおどお》りで、自分《じぶん》をたたえる歌《うた》をがなり散《ち》らす――単純《たんじゅん》で、かわいいやつだと思《おも》っていたのです。

しかし、ガストンはただのうぬぼれやではなかったのです。彼《かれ》の心《こころ》には成長《せいちょう》とともに意地悪《いじわる》さと冷酷《れいこく》さが、しっかり根《ね》づいていました。それは、王子《おうじ》も同《おな》じこと。幼《おさな》じみの仲《なか》のよい主従《しゅじゅう》は、いつのまにか、悪《わる》いところがそっくりになっていたのです。

ある日《ひ》、キルケが実《じつ》は貧《まず》しい農家《のうか》の出《で》だと知《し》ったガストンは、さっそく王子《おうじ》にそのことを告《つ》げに行《い》きました。

王子《おうじ》は翌日《よくじつ》、キルケを城《しろ》に呼《よ》び、婚約《こんやく》はやめる、と言《い》おうとしました。

けれども、美《うつく》しいキルケが馬車《ばしゃ》からおり、ばら園《えん》のほうへ歩《ある》いてくるのを見《み》ると、王子《おうじ》の心《こころ》はゆれました。朝日《あさひ》に輝《かがや》く明《あか》るい金髪《きんぱつ》、そしてすばらしい銀《ぎん》のドレス。こんな美人《びじん》が家畜《かちく》の世話《せわ》をして暮《く》らしているとは、とても思《おも》えません。

（ガストンの間違《まちが》いだ。第一《だいいち》、農家《のうか》の娘《むすめ》が、こんな上等《じょうとう》なドレスを持《も》っているか？）

王子《おうじ》はキルケの美《うつく》しさにみとれ、心《こころ》のなかでガストンをなじりました。

（だましたな！　ガストン。こんな美人《びじん》と結婚《けっこん》するわたしが、うらやましかったのか！　よし、罰《ばつ》を与《あた》えてやる。いやその前《まえ》に――。）

そう、その前《まえ》に王子《おうじ》は、愛《あい》するキルケにうめあわせをしなくてはと思《おも》ったのです。

「ああ！　キルケ。きみはほんとうに美《うつく》しい！」

キルケは明《あか》るい青《あお》い瞳《ひとみ》で、王子《おうじ》を見上《みあ》げ、わずかにほおをそめました。

（なんと愛《あい》らしい！　まるで、咲《さ》きたてのばらの花《はな》のようだ！）

王子《おうじ》はキルケをやさしく〝朝《あさ》の間《ま》〟に導《みちび》きました。二人《ふたり》でとびきり素敵《すてき》な朝食《ちょうしょく》をとるために。そして、二度《にど》とガストンに、二人《ふたり》の仲《なか》をじゃまさせるものかと、心《こころ》に誓《ちか》いました。それからちょっと考《かんが》え、こんどのことでガストンを責《せ》めるのはやめることにしました。なにしろ、ガストンは親友《しんゆう》で、結婚式《けっこんしき》で花婿《はなむこ》のつきそい役《やく》をしてもらうことになっているのです。そのとき、王子《おうじ》の頭《あたま》に、とても意地悪《いじわる》な考《かんが》えが浮《う》かびました。

（ガストンは、キルケと結婚《けっこん》したかったのか！　だったら、花婿《はなむこ》のつきそいをさせるのは、最高《さいこう》の仕返《しかえ》しだぞ。自分《じぶん》がほれた女《おんな》が他人《たにん》の妻《つま》になるのを、つきそいとして見《み》ているのほど、つらいことはなかろう！）

王子《おうじ》は忍《しの》び笑《わら》いをし、結婚式《けっこんしき》が終《お》わったらすぐ、ガストンに何《なに》かつまらない用事《ようじ》を言《い》いつけて、しばらく国外《こくがい》を旅行《りょこう》させよう、それがせめてもの情《なさ》けだと思《おも》いました。

そのとおり、ガストンも、キルケにひとめぼれしていました。キルケが農家《のうか》の娘《むすめ》だと知《し》って、王子《おうじ》から引《ひ》き離《はな》す理由《りゆう》ができたと、ひそかに大喜《おおよろこ》びしたのです。農家《のうか》の娘《むすめ》が、こんなに大《おお》きな国《くに》の王妃《おうひ》としてやっていけるはずがない。王子《おうじ》は、ふさわしい身《み》分《ぶん》の姫《ひめ》を迎《むか》えるのが幸《しあわ》せ。キルケは、裕福《ゆうふく》な家臣《かしん》の自分《じぶん》と結婚《けっこん》するのが幸《しあわ》せだと、勝《かっ》手《て》に決《き》めていたのです。

ところが、王子《おうじ》はガストンの報告《ほうこく》を無視《むし》し、キルケとの婚約《こんやく》をやめませんでした。

そのいっぽう、狩《か》りに行《い》き、酒場《さかば》に入《い》りびたって、恋愛《れんあい》ごっこに明《あ》け暮《く》れていたのです。

そしてキルケを飾《かざ》り物《もの》のように、放《ほう》っておきました。

結婚式《けっこんしき》の日《ひ》が迫《せま》ってきました。未《いま》だ王子《おうじ》はガストンの言葉《ことば》をまともに受《う》け取《と》りません。とうとうある日《ひ》、

「そんなに信《しん》じないなら、一度《いちど》キルケの家《いえ》を見《み》に行《い》こうじゃないか。」

と、ガストンが言《い》いだしました。二人《ふたり》は何《なん》キロも馬《うま》をとばして、一軒《けん》の小《ち》さな農家《のうか》にたどり着《つ》きました。キルケはそまつな白《しろ》い服《ふく》を着《き》て、どろまみれになりながら、囲《かこ》いのなかでせっせと、家畜《かちく》に餌《えさ》をやっていました。

「このうそつき！　なぜ、農家《のうか》の娘《むすめ》だと言《い》わなかった？」

「うそなんか、ついてないわ！　あなた、わたしの家《いえ》のことなんか一言《ひとこと》も聞《き》かなかったじゃない！　それに——愛《あい》し合《あ》ってさえいれば、身分《みぶん》なんて関係《かんけい》ないでしょ！」

「愛《あい》し合《あ》ってる？　誰《だれ》が？　ぼろ服《ふく》を着《き》て働《はたら》いている——そんな娘《むすめ》をわたしが愛《あい》せる

と思《おも》うのか！　わたしは王子《おうじ》だぞ！」

王子《おうじ》は地面《じめん》にぺっとつばをはくと、ガストンに向《む》かって言《い》いました。

「婚約《こんやく》は解消《かいしょう》だ。この娘《むすめ》のことは、今後《こんご》いっさい口《くち》にするな！」

愛馬《あいば》に激《はげ》しくむちを当《あ》てると、またたくまに、その場《ば》を立《た》ち去《さ》りました。どろまみれの美《うつく》しい娘《むすめ》を残《のこ》したまま。

あたりには、二頭《とう》の荒馬《あらうま》がたてた土煙《つちけむり》がもうもうと立《た》ちこめています。

4 魔女《まじょ》たちの妹《いもうと》

王子《おうじ》は一人《ひとり》、だんろに向《む》かってすわっていました。まぶたの裏《うら》には、豪華《ごうか》なドレスの美《うつく》しいキルケと、汗水《あせみず》たらして働《はたら》く、みすぼらしいキルケの姿《すがた》が代《か》わる代《が》わる、よみがえってきます。

（いくら美人《びじん》とはいえ、わたしをだまして未来《みらい》の王妃《おうひ》になろうとは！　許《ゆる》せないぞ！）

壁《かべ》の上《うえ》に不気味《ぶきみ》な影《かげ》がいくつもゆれています。壁《かべ》に飾《かざ》られたヘラジカの角《つの》が、だんろの炎《ほのお》に照《て》らされてできた影《かげ》です。王子《おうじ》はふと、とくべつ大《おお》きなヘラジカをしとめたときのことを思《おも》い出《だ》しました。何年《なんねん》も狙《ねら》いつづけ、いざしとめれば、まるで旧友《きゅうゆう》を

失《うしな》ったように悲《かな》しくなったものです。王子《おうじ》はグラスに手《て》を伸《の》ばしました。すると、従《じゅう》者《しゃ》の少年《しょうねん》がひょいと部屋《へや》のドアから顔《かお》を出《だ》しました。

「王子様《おうじさま》、キルケ様《さま》がお見《み》えでございます。ぜひ、お会《あ》いしたいとおっしゃって――。」

王子《おうじ》は顔《かお》をしかめ、ため息《いき》をつくと、

「あれだけ言《い》ったろう！　あの女《おんな》を通《とお》すな！　追《お》い出《だ》せ！」

従者《じゅうしゃ》をどなりつけました。すると、従者《じゅうしゃ》は言《い》いました。

「ですが、その――あのかたは――てこでも動《うご》くまいといったごようすで。」

「よしわかった。」

王子《おうじ》はグラスを置《お》くと、城《しろ》の正面玄関《しょうめんげんかん》に向《む》かいました。

キルケが一輪《りん》のばらを手《て》に、しょんぼりと立《た》っています。目《め》を真《ま》っ赤《か》に泣《な》きはらし、顔《かお》はむくみ、息《いき》をのむような輝《かがや》きをすべて失《うしな》っています。頭《あたま》に巻《ま》いた古《ふる》いショールのせいで、物乞《ものご》いの老婆《ろうば》のように見《み》えました。キルケは長《なが》く泣《な》いたせいでしわがれてしまった小《ちい》さな声《こえ》で、王子《おうじ》に訴《うった》えだしました。

「王子様《おうじさま》、お願《ねが》い。わたしをこんなみじめな目《め》にあわせないで。昼間《ひるま》、うちに来《き》て言《い》ったことは、ほんとうじゃないでしょ?」

小《ちい》さな白《しろ》い両手《りょうて》に、泣《な》きぬれた顔《かお》をうずめ、その場《ば》にくずおれました。

王子《おうじ》は冷《つめ》たく告《つ》げました。

「きみとは結婚《けっこん》できない。そんなことは、きみだって最初《さいしょ》からわかっていたはずだ。だから、きみは自分《じぶん》の家《いえ》のことを、秘密《ひみつ》にしておこうとしていたんだろう。」

「だって、わたし、知《し》らなかったのよ――こんなことに、なるなんて。どうか、このばらを、受《う》け取《と》って! あなたが、わたしを愛《あい》する証《あかし》として。」

「ばら園《えん》に歩《ある》いてくるきみは、すばらしくきれいに見《み》えた。でもあそこで働《はたら》いているきみと、そのみっともない身《み》なりを見《み》たら、恋心《こいごころ》もすっかりさめたよ。これで終《お》わりだ。」

キルケがふいに、かぶっていたショールを取《と》りました。王子《おうじ》は目《め》をみはりました。キルケの目《め》はもう、はれていません。顔《かお》も涙《なみだ》でよごれてはいません。肌《はだ》は月光《げっこう》を浴《あ》びたように白《しろ》く輝《かがや》いています。美《うつく》しい金髪《きんぱつ》も、小《ちい》さな星《ほし》をいくつも閉《と》じこめたようなかわいい銀《ぎん》の髪飾《かみかざ》りも、薄《うす》い銀色《ぎんいろ》のドレスも、すべて魔法《まほう》のようにきらきらと輝《かがや》いています。なかでも一番輝《いちばんかがや》かしいのは、キルケの明《あか》るい青《あお》い瞳《ひとみ》でした。王子《おうじ》は息《いき》をのみました。彼女《かのじょ》がこれほど美《うつく》しく見《み》えたことはありません。

「そうね王子様《おうじさま》。もうわたしのことは、きれいに見《み》えないんでしょうね。だってあなたは、わたしを農家《のうか》の娘《むすめ》だと思《おも》っているんですものね。」

キルケは冷《つめ》たく言《い》いました。すると、闇《やみ》のなかから聞《き》こえてきたのです。

「農家《のうか》の娘《むすめ》？」

「あたしたちの妹《いもうと》が？」

「冗談《じょうだん》じゃない！　あの子《こ》は高貴《こうき》な血筋《ちすじ》の生《う》まれ。さる老王《ろうおう》の親戚《しんせき》よ。」

姿《すがた》は見《み》えませんが、どれも地獄《じごく》の底《そこ》から立《た》ち上《のぼ》るような、三つの不気味《ぶきみ》な声《こえ》です。

「今《いま》のは、ほんとうなのか？　キルケ。」

王子《おうじ》は恐《おそ》ろしさにおびえながらも、確《たし》かめました。キルケは平然《へいぜん》と答《こた》えました。

「そうよ。わたしの王子様《おうじさま》。三人《にん》の姉《あね》とわたしは、代々《だいだい》つづく貴族《きぞく》の家《いえ》の娘《むすめ》だわ。」

「なんてことだ！」

すると、キルケの姉《あね》たちが光《ひかり》のなかに姿《すがた》を現《あらわ》し、キルケの後《うし》ろに立《た》ちました。

ルシンダとルビーとマーサ。小《ちい》さな顔《かお》に大《おお》きすぎる目《め》、黒《くろ》すぎる髪《かみ》、紙《かみ》のように白《しろ》い肌《はだ》。そして血《ち》のように赤《あか》いくちびる。なんともみにくく、不気味《ぶきみ》な三人組《にんぐみ》です。

王子《おうじ》は改《あらた》めて、キルケの美《うつく》しさにみほれました。そして、

「おお！　キルケ。これで問題《もんだい》は解決《かいけつ》だ、きみが貴族《きぞく》の娘《むすめ》なら結婚《けっこん》できる。」

と、さけんだ瞬間《しゅんかん》。

「そうはいかない。あたしたちは、おまえがほんとうに妹《いもうと》を愛《あい》しているか知《し》りたかったの。」

ルシンダが眉《まゆ》をひそめ、低《ひく》い声《こえ》で言《い》いました。

「だって、だいじな妹《いもうと》を怪物《かいぶつ》と結婚《けっこん》させるわけにはいかないものねえ。」

マーサとルビーが、声《こえ》を合《あ》わせて言《い》いました。

「怪物《かいぶつ》だ？　このわたしが！　ばかを言《い》うな！」

王子《おうじ》は言《い》い放《はな》ちました。三人《にん》の姉《あね》はけたけたと笑《わら》い、

「だってねえ、まさしく怪物《かいぶつ》だもの！　ほかに言《い》いようがないわよね、っと。」

「見《み》かけはハンサムでりっぱだけど。」

「なかみは野蛮《やばん》で冷酷《れいこく》な怪物《かいぶつ》よ。だからさ、ふふふ……。」

次々《つぎつぎ》と、うれしそうに顔《かお》を見合《みあ》わせました。

「姉《ねえ》さんたち、お願《ねが》い！　ここはわたしに言《い》わせて。」

あわてて割《わ》りこんだキルケを、王子《おうじ》は急《いそ》いで止《と》めました。

「もういいじゃないか！　すぐ結婚《けっこん》しよう。わたしの妻《つま》になってくれ。美《うつく》しいキルケよ。」

ところがキルケは、美《うつく》しい目《め》をつりあげて言《い》い返《かえ》しました。

「なんて罪深《つみぶか》い人《ひと》。今《いま》わかりました。あなたみたいな人《ひと》は誰《だれ》とも結婚《けっこん》できないでしょう。」

三人《にん》の姉《あね》たちのけたたましい笑《わら》い声《ごえ》が、寒空《さむぞら》にひびき、王国《おうこく》の全土《ぜんど》を包《つつ》みこみました。笑《わら》いがようやくしずまると、キルケは、手《て》にしたばらを王子《おうじ》にわたし、

「あなたはさっき、このばらを、恋人《こいびと》からの愛《あい》の証《あかし》の贈《おく》り物《もの》を受《う》け取《と》ろうとしなかった。ならば、今《いま》からこれを、あなたが受《う》ける罰《ばつ》——呪《のろ》いの象徴《しょうちょう》としましょう。」

と、おごそかに告《つ》げました。三人《にん》の姉《あね》がきゃあきゃあ笑《わら》って、とびはねます。

「姉《ねえ》さんたち、わたしの話《はなし》はこれからよ。」

キルケはため息《いき》をつくと、改《あらた》めて王子《おうじ》を見《み》つめてつづけました。

「このばらの花《はな》びらは、あなたの二十一歳《さい》の誕生日《たんじょうび》に、枯《か》れ落《お》ちます。それまでにあなたが真実《しんじつ》の愛《あい》に気《き》づき、両思《りょうおも》いの恋人《こいびと》をえて、キスをもって証明《しょうめい》しなければ、あなたのみにくい姿《すがた》は永遠《えいえん》に変《か》わらないでしょう。」

「みにくい姿《すがた》？」

王子《おうじ》が眉《まゆ》をひそめると、すかさずルシンダとルビーが、わめき立《た》てました。

「そうよ！　おまえはこれから、みにくーい野獣《やじゅう》の姿《すがた》になるの。」

「そして野獣《やじゅう》のように、吠《ほ》えたけるのよ！　これから先《さき》、ずうっとね！」

三人《にん》の姉《あね》はますます、けたたましく笑《わら》いながらとびはねます。

「姉《ねえ》さんたち、黙《だま》って！　話《はなし》はまだ終《お》わってないわ。」

キルケの言葉《ことば》に、三人《にん》はとつぜん笑《わら》いやみ、重々《おもおも》しくうなずきました。

「そうね、こいつの罰《ばつ》を、おさらいしときましょ。」

マーサが言《い》うと、キルケは姉《あね》たちに目配《めくば》せし、王子《おうじ》を見《み》つめました。

「呪《のろ》いの意味《いみ》はわかりましたか？　王子様《おうじさま》。」

「つまり、今《いま》から行《おこな》いを改《あらた》めなければ、わたしは永遠《えいえん》にみにくい野獣《やじゅう》の姿《すがた》にされると？」

王子《おうじ》は笑《わら》いだしそうになるのをこらえ、言《い》いました。キルケはうなずきました。

「おいおい、ばかはよせよ。きみがわたしに呪《のろ》いをかける？　その手《て》には乗《の》らないぞ。」

王子《おうじ》がついに吹《ふ》き出《だ》すと、キルケの目《め》がいっそうつりあがりました。ここまで激怒《げきど》したキルケを、王子《おうじ》は見《み》たことがありませんでした。キルケは氷《こおり》のように冷《つめ》たい声《こえ》でつづけました。

「呪《のろ》いは、この城館《じょうかん》と敷地《しきち》にも及《およ》ぶ。あなたのお気《き》に入《い》りのばら園《えん》にも。ここに住《す》むすべての者《もの》があなたにかかる呪《のろ》いをともに担《にな》わねばならない。あなたは、鏡《かがみ》をのぞいた瞬間《しゅんかん》から、恐怖《きょうふ》につきまとわれる。それで、ぜんぶです。」

すかさずマーサとルビーがつけ加《くわ》えました。

「おまえは、城《しろ》のなかでおびえて、ちぢこまる。」

「自分《じぶん》の部屋《へや》を出《で》るのが怖《こわ》くて。自分《じぶん》のみにくい顔《かお》をさらすのが怖《こわ》くて。」

するとルシンダが、

「使用人《しようにん》たちは、恨《うら》みと恐怖《きょうふ》で、遠《とお》くからおまえを見守《みまも》るの——野獣《やじゅう》を見《み》るように。やがて使用人《しようにん》たちは、自分《じぶん》たちを守《まも》るためにおまえを殺《ころ》すかもね。」

と、意地悪《いじわる》そうに言《い》いました。キルケはルシンダをにらみつけ、

「じゃあ、ルビー姉《ねえ》さん、鏡《かがみ》を出《だ》して。王子様《おうじさま》にわたすから。」

と言《い》いました。ルシンダは真《ま》っ赤《か》になり、

「だめよ！　キルケ。勝手《かって》なことしないで。それは四人《にん》の鏡《かがみ》でしょ。」

と金切《かなき》り声《ごえ》を上《あ》げました。

「そうよ。それはわが一族《いちぞく》に代々《だいだい》伝《つた》わる家宝《かほう》の鏡《かがみ》。有名《ゆうめい》な鏡師《かがみし》からの贈《おく》り物《もの》。」

「あんたが生《う》まれる前《まえ》から、あたしたちが持《も》っている伝説《でんせつ》の鏡《かがみ》なのよ。それをこんなおろか者《もの》にやるなんて！」

マーサとルビーも口々《くちぐち》にさけびます。でもキルケは平気《へいき》で鏡《かがみ》を王子《おうじ》に差《さ》し出《だ》すと、

「外《そと》に出《で》られなくなっても、この魔法《まほう》の鏡《かがみ》をのぞけば、お城《しろ》の外《そと》の世界《せかい》が見《み》えます。鏡《かがみ》に一言《ひとこと》頼《たの》めば、あなたの望《のぞ》みの物《もの》や、人《ひと》や、場所《ばしょ》を見《み》せてくれます。」

と、静《しず》かに言《い》いました。すると、ルシンダが、けたけた笑《わら》って、つづけました。

「外《そと》の世界《せかい》だけじゃないよ。鏡《かがみ》だもの。自分《じぶん》の姿《すがた》も、もちろん見《み》えるのよ。」

「その鏡《かがみ》に映《うつ》った自分《じぶん》を見《み》て、こんな姿《すがた》で恋《こい》ができるか、考《かんが》えてみればいい。」

「そんなおぞましい姿《すがた》で、女《おんな》の子《こ》の心《こころ》をつかめるか。やれるものなら、やってごらん！」

マーサとルビーも、口々《くちぐち》にはやし立《た》てます。

「姉《ねえ》さんたち！」

キルケはいらだたしげにさけびました。王子《おうじ》は疲《つか》れたように言《い》いました。

「いい加減《かげん》にしてくれよ。キルケ。きみのおかしな姉《ねえ》さんたちを黙《だま》らせてくれないか。」

次《つぎ》の瞬間《しゅんかん》、王子《おうじ》は自分《じぶん》の体《からだ》が、ものすごい力《ちから》で石《いし》の壁《かべ》に押《お》しつけられるのを感《かん》じました。キルケの小《ちい》さな手《て》が、巨大《きょだい》なヘビのように、のどをしめつけてきます。

「二度《にど》と、姉《あね》たちの悪口《わるくち》を、言《い》わないことね！　王子様《おうじさま》。そして、わたしの言《い》ったことはぜんぶ、まじめに受《う》け取《と》ったほうがいい。それが、あなたのためなんだから。さあ今《いま》、あなたに呪《のろ》いがかかったわよ。王子様《おうじさま》、これからは、好《す》きな道《みち》をお選《えら》びなさい。悔《く》い改《あらた》める道《みち》を選《えら》べば、あなたは許《ゆる》される。冷酷《れいこく》さと虚栄心《きょえいしん》の道《みち》を選《えら》べば——悲《ひ》惨《さん》な人生《じんせい》が待《ま》っているわ。」

キルケはそう言《い》うと、王子《おうじ》の首《くび》から手《て》を放《はな》しました。王子《おうじ》はもう、ふらふらです。

キルケはにくしみに満《み》ちた美《うつく》しい顔《かお》を、王子《おうじ》の顔《かお》にくっつくほど近寄《ちかよ》せました。

そして、

「わかったの？」

と聞《き》きました。

「わ——わかった。」

王子《おうじ》は、そう言《い》うだけで、せいいっぱい。

「お待《ま》たせ、姉《ねえ》さんたち。もう行《い》きましょ。こんな人《ひと》は放《ほう》っておいて。」

キルケは、きっぱり言《い》いました。

5 西《にし》の塔《とう》の肖像画《しょうぞうが》

最初《さいしょ》の三か月《げつ》は、何事《なにごと》もなく過《す》ぎました。キルケも三人《にん》の魔女《まじょ》も姿《すがた》を見《み》せず、王子《おうじ》の顔《かお》が野獣《やじゅう》に変《か》わることもなく、使用人《しようにん》たちは相変《あいか》わらず忠実《ちゅうじつ》です。
魔女《まじょ》たちの予言《よげん》は、うそだったのかもしれません。
(悔《く》い改《あらた》めろだと？　ふざけるな！)
王子《おうじ》はほっとすると、心《こころ》のなかで、キルケと三人《にん》の魔女《まじょ》に悪態《あくたい》をつき、いつものようにのんきな生活《せいかつ》をつづけていました。ところがやがて、顔《かお》に微妙《びみょう》な変化《へんか》が現《あらわ》れだしたのです。鏡《かがみ》をのぞくたびにしわがふえていきます。最初《さいしょ》は疑《うたが》っていた王子《おうじ》も、だんだん不安《ふあん》になりました。

（もしや、これが——呪《のろ》いなのか？）

けれども、この世界《せかい》に呪《のろ》いなどあるものかと、自分《じぶん》に言《い》い聞《き》かせていたのです。

そんなある日《ひ》、王子《おうじ》が自室《じしつ》で、狩猟服《しゅりょうふく》に着替《きか》えていると、従者《じゅうしゃ》の少年《しょうねん》がやってきて、ガストン様《さま》がお見《み》えですと告《つ》げました。

「よし、通《とお》せ。もしやつが、朝食《ちょうしょく》を展望台《てんぼうだい》でとりたいと言《い》うなら、それでもいいぞ。」

王子《おうじ》はひさしぶりに上《じょう》きげんで、魔女《まじょ》たちの呪《のろ》いのことも、忘《わす》れていました。

「狩《か》りに持《も》っていく荷物《にもつ》は、できたのか？」

王子《おうじ》がたずねると、従者《じゅうしゃ》はおずおずと答《こた》えました。

「はい、王子様《おうじさま》。ほかにお申《もう》しつけがなければ、お連《つ》れの紳士《しんし》のご用事《ようじ》をうかがってまいりたいと存《ぞん》じます。」

王子《おうじ》は心《こころ》のなかで吹《ふ》き出《だ》しました。

（紳士《しんし》？　そうか、こいつは知《し》らないんだ。子《こ》どものころのガストンを。）

かつて幼《おさな》い王子《おうじ》とガストンはドラゴンたいじごっこが大好《だいす》きでした。どろだらけになって、城《しろ》の庭《にわ》から調理場《ちょうりば》にかけこむと、ポット夫人《ふじん》にお菓子《かし》をねだったものです。

ポット夫人《ふじん》は、王子《おうじ》にその思《おも》い出話《でばなし》をするたび、

「王子様《おうじさま》もガストンも、今《いま》はもう、あんなかわいい坊《ぼう》やたちじゃありません。」

と言《い》い、

「ガストンをだいじになさいませよ。あの子《こ》は馬番《うまばん》の子《こ》ですが、むかしから、あなた様《さま》の親友《しんゆう》なのですから。」

と、つけ加《くわ》えるのでした。王子《おうじ》は頭《あたま》をふりました。身分《みぶん》とは、なんと面倒《めんどう》なものでしょう。王子《おうじ》は身分《みぶん》の差《さ》を少《すこ》しでもなくそうと、ガストンに領地《りょうち》と領民《りょうみん》を与《あた》えました。それでも、王子《おうじ》は王子《おうじ》、ガストンは家臣《かしん》。身分《みぶん》の差《さ》が消《き》えたわけではないのです。

王子《おうじ》がそっとため息《いき》をつくと、当《とう》のガストンの声《こえ》が聞《き》こえてきました。

「よお！　王子様《おうじさま》。何《なに》をぐずぐず考《かんが》えているんだよ。」

王子《おうじ》は、ゆううつそうに答《こた》えました。

「子《こ》どものときのことを思《おも》い出《だ》していたんだ。ドラゴンたいじごっこをしていたとき、おまえに命《いのち》を助《たす》けてもらったことを。」

ガストンは王子《おうじ》をにらみつけました。

「やめてくれ！　おれには思《おも》い出《だ》したくもない話《はなし》だ。おれは大人《おとな》たちから、だいじな王子様《おうじさま》を、なぜそんなあぶない遊《あそ》びにさそったと、さんざん責《せ》められたんだぞ。」

ガストンはそっぽを向《む》き、ふとだんろの上《うえ》の、王子《おうじ》の肖像画《しょうぞうが》に目《め》をやりました。

「なあ、王子様《おうじさま》。いつこれを描《か》かせた？　五年《ねん》ぐらい前《まえ》かな？」

「いや、三か月前《げつまえ》だ。あの有名《ゆうめい》な変人《へんじん》の画家《がか》に描《か》かせた。おまえも、会《あ》ったろう。」

「そうそう！　関《かか》わりたくないような変《へん》なじいさんだったよなあ。」

二人《ふたり》は声《こえ》を合《あ》わせて笑《わら》いました。王子《おうじ》は思《おも》い出《だ》したように聞《き》きました。

「なあ、最近《さいきん》、わたしは老《ふ》けたか？　目《め》のまわりに、しわがふえたようだが。」

「おいおい、しわを気《き》にするなんて、女《おんな》みたいだぞ、王子様《おうじさま》。」

ガストンは冷《ひ》やかすように言《い》うと、つづけました。

「お次《つぎ》は、ブルーのドレスには何色《なにいろ》のペチコートが合《あ》うかしら、なんて言《い》いだすんじゃないのか？　なんなら、ポット夫人《ふじん》に聞《き》いてやろうか。」

王子《おうじ》は声《こえ》を上《あ》げて笑《わら》いました。でも心《こころ》のなかは不安《ふあん》でいっぱいです。すると、

「そんなことよりまずは朝食《ちょうしょく》だ、王子様《おうじさま》。おれは、先《さき》に展望台《てんぼうだい》に行《い》く。用意《ようい》ができたら来《き》てくれ。」

ガストンが、いらいらと言《い》いました。

「わかった。先《さき》に行《い》ってくれ。ポット夫人《ふじん》が心配《しんぱい》するからな。」

王子《おうじ》は陽気《ようき》に答《こた》えました。けれどもガストンが出《で》て行《い》くと眉《まゆ》をひそめ、肖像画《しょうぞうが》を改《あらた》めてながめました。たった三か月《げつ》で、こんなにしわがふえるものでしょうか？　それとも画家《がか》は、わざと王子《おうじ》を若《わか》く描《えが》こうとしたのでしょうか？　いや、彼《かれ》は人《ひと》の肌《はだ》の色《いろ》やしわの一本《ぽん》まで忠実《ちゅうじつ》に描《えが》き出《だ》すことで有名《ゆうめい》な画家《がか》なのです。とすれば——。

（わたしはこの三か月《げつ》で、ほんとうに五歳《さい》も年《とし》をとってしまったのか？　それとも、わたしが子《こ》ども時代《じだい》の話《はなし》を持《も》ち出《だ》したから、ガストンはわざと意地悪《いじわる》を言《い》ったのか？

それとも――。）

はたして、魔女《まじょ》たちの呪《のろ》いは、ほんとうなのだろうか？

王子《おうじ》は例《れい》の手鏡《てかがみ》を思《おも》い出《だ》しました。あの晩《ばん》、キルケから鏡《かがみ》をわたされた王子《おうじ》は、だんろの横《よこ》のかくし場所《ばしょ》にしまい、それきり忘《わす》れていました。

（……見《み》てみよう。）

火《ひ》の気《け》のないだんろの上《うえ》には、大《おお》きなべっ甲細工《こうざいく》のネコが、黒《くろ》く縁《ふち》どられた黄色《きいろ》の目《め》を細《ほそ》めて王子《おうじ》を見《み》おろしています。だんろの両側《りょうがわ》には、ワシの頭《あたま》とつばさにライオンの胴《どう》、ルビー色《いろ》の目《め》をもった、神話《しんわ》の怪獣像《かいじゅうぞう》が一頭《とう》ずつ、ねそべっています。

王子《おうじ》は、左《ひだり》の像《ぞう》の右目《みぎめ》を押《お》しました。目《め》が引《ひ》っこむと、同時《どうじ》に右《みぎ》の像《ぞう》の頭《あたま》の羽《はね》がはね上《あ》がって、鏡《かがみ》を収《おさ》めた、小《ちい》さな引《ひ》き出《だ》しが現《あらわ》れました。

王子《おうじ》は裏返《うらがえ》しに置《お》かれた鏡《かがみ》を見《み》つめました。地味《じみ》な銀《ぎん》の手鏡《てかがみ》は色《いろ》が変《か》わり、黒《くろ》に近《ちか》くなっています。王子《おうじ》は冷《つめ》たい鏡《かがみ》の持《も》ち手《て》をつかみました。

そっと鏡《かがみ》を持《も》ちあげましたが、自分《じぶん》の顔《かお》を見《み》る勇気《ゆうき》がなかなかわきません。

もし、呪《のろ》いで自分《じぶん》が野獣《やじゅう》の顔《かお》になっていたら？

（ばかばかしい！　あんな魔女《まじょ》たちのばかげた脅《おど》しに乗《の》るものか。）

王子《おうじ》は思《おも》い切《き》って、鏡《かがみ》をのぞきこみました。

「なんだ！　しわなんかないぞ。何《なに》も変《か》わっていないじゃないか。」

王子《おうじ》がほっと、安堵《あんど》の吐息《といき》をもらしたとたん、

「もっと近《ちか》くで見《み》てごらん。」

地獄《じごく》の底《そこ》から聞《き》こえるような声《こえ》。魔女《まじょ》ルシンダの声《こえ》です！

王子《おうじ》は思《おも》わず、鏡《かがみ》を取《と》り落《お》としました。けれども鏡《かがみ》は割《わ》れません。

王子《おうじ》は震《ふる》える手《て》で鏡《かがみ》を取《と》り上《あ》げ、もう一度《いちど》なかをのぞきました。

こんどは、目《め》のまわりに深《ふか》いしわが何本《なんぼん》も刻《きざ》まれています。

ガストンが感《かん》じたとおり、この三か月《げつ》でゆうに五歳《さい》は年《とし》をとったようです。深《ふか》いしわは、鏡《かがみ》のなかの王子《おうじ》を野獣《やじゅう》めいて見《み》せました。

やはり、キルケの言葉《ことば》は、ほんとうだったのか？

（そんなばかな！）

王子《おうじ》が目《め》をみはったとたん、きゃあひゃっひゃっと、不気味《ぶきみ》な笑《わら》い声《ごえ》が上《あ》がりました。ルシンダとマーサとルビーのあざけるような笑《わら》い声《ごえ》はどんどん大《おお》きくなり、王子《おうじ》がいくら耳《みみ》をふさいでも聞《き》こえてきます。ついに王子《おうじ》は意識《いしき》を失《うしな》い、だんろの前《まえ》に倒《たお》れました。

「いい気味《きみ》！」

「目《め》が覚《さ》めたら、痛《いた》いわよお。」

「じゃ、ネコちゃん、見張《みは》っててねえ。」

三人《にん》の魔女《まじょ》はべっ甲細工《こうざいく》のネコに手《て》をふると、いなくなりました。

数日後《すうじつご》、王子《おうじ》は、山賊《さんぞく》の一団《いちだん》にさんざん殴《なぐ》られたあとのような気分《きぶん》で目《め》を覚《さ》ましました。体《からだ》のふしぶしが痛《いた》み、ほとんど動《うご》くことができません。

「気《き》がつかれましたか！　王子様《おうじさま》。一同心配《いちどうしんぱい》しておりました。」

執事《しつじ》のコグスワースが、部屋《へや》のすみから、かけよってきました。

「何《なに》があった？　コグスワース。わたしは——どうしたのだ？」

王子《おうじ》がぼんやりと聞《き》くと、コグスワースは急《いそ》いで答《こた》えました。

「あの日《ひ》、朝食《ちょうしょく》になかなかいらっしゃらないので、お迎《むか》えに上《あ》がったところ、だんろの前《まえ》のゆかに倒《たお》れておいででした。ひどいお熱《ねつ》で——。」

「鏡《かがみ》はどこだ？」

「鏡《かがみ》でございますか。それなら、ドレッサーの引《ひ》き出《だ》しに収《おさ》めておきました。」

「そうか。ではあれは、夢《ゆめ》か……。熱《ねつ》にうかされて、悪夢《あくむ》を見《み》たんだな。」

王子《おうじ》はほっとしてつぶやきました。コグスワースは、眉《まゆ》をひそめ、

「まだ、お加減《かげん》が悪《わる》いようで。ゆっくりお休《やす》みになりませんと。」

と、心配《しんぱい》そうに言《い》いました。いつもはおしゃれなコグスワースの目《め》の下《した》に、くまができています。何日《なんにち》も徹夜《てつや》の看病《かんびょう》をして、疲《つか》れ切《き》っているようです。

「礼《れい》を言《い》うぞ、コグスワース。おまえはいいやつだ。」

「とんでもないことで！　王子様《おうじさま》。そのような、もったいないお言葉《ことば》は——。」

コグスワースがあわててさえぎると、従者《じゅうしゃ》が部屋《へや》のドアから顔《かお》を出《だ》しました。

「恐《おそ》れながら、王子様《おうじさま》。ポット夫人《ふじん》がコグスワースさんに調理場《ちょうりば》でお茶《ちゃ》をと。」

「いや、あとで結構《けっこう》。今《いま》、わたしは、手《て》がふさがっていると言《い》いなさい。」

コグスワースが命《めい》じると、王子《おうじ》は首《くび》を横《よこ》にふりました。

「ポット夫人《ふじん》の言《い》うとおりだぞ、コグスワース。おまえには熱《あつ》いお茶《ちゃ》が必要《ひつよう》だ。いいから早《はや》く行《い》け。ポット夫人《ふじん》が怒《おこ》ってこの部屋《へや》へ乗《の》りこんでくる前《まえ》にな。」

「では、王子様《おうじさま》のおおせのとおりに。」

コグスワースは安心《あんしん》したようすで、王子《おうじ》の寝室《しんしつ》を出《で》て行《い》きました。

（呪《のろ》いなんて、やっぱり、うそ八百《はっぴゃく》だ。）

王子《おうじ》は窓《まど》の外《そと》に目《め》を移《うつ》しました。

外《そと》は強《つよ》い風《かぜ》が吹《ふ》き、木々《きぎ》が激《はげ》しくゆれています。

元気《げんき》をとりもどした王子《おうじ》は、早《はや》くも狩《か》りに出《で》かけたくなりました。

（ガストンはどうしたろう？）

すると、ノックの音《おと》が聞《き》こえました。なんと、ガストンです。

「目《め》が覚《さ》めたか。気分《きぶん》はどうだ？　今医者《いまいしゃ》が下《した》に来《き》て、王子様《おうじさま》はご快復《かいふく》ですと言《い》ったんだ。コグスワースのやつ、医者《いしゃ》のほかはこの部屋《へや》を立《た》ち入《い》り禁止《きんし》にしやがって。」

「おお、ガストン。心配《しんぱい》かけたな。もうだいじょうぶだ。」

王子《おうじ》はガストンが、何日《なんにち》もひげをそっていないことに気《き》づきました。

（いったい、どのくらいのあいだ、意識《いしき》を失《うしな》っていたんだろう？）

王子《おうじ》はガストンに聞《き》いてみたいと思《おも》いました。けれどもその代《か》わりに、

「ずっと城《しろ》にいてくれたのか？」

とたずねました。ガストンはうなずきました。

「コグスワースが東《ひがし》の塔《とう》に部屋《へや》を用意《ようい》してくれたけどな、おれはほとんど、ポット夫《ふ》人《じん》たちと調理場《ちょうりば》にいたよ。」

ガストンの顔《かお》が、急《きゅう》に若返《わかがえ》りました。何年《なんねん》も前《まえ》、子《こ》どもだったころ、病気《びょうき》になった王子《おうじ》の顔《かお》を心配《しんぱい》そうにのぞきこんだときの顔《かお》とそっくりです。

あのときもガストンは、ほかの使用人《しようにん》の子《こ》どもたちと調理場《ちょうりば》につめて、王子《おうじ》の快復《かいふく》を祈《いの》ってくれたものでした。王子《おうじ》はそれを思《おも》い出《だ》し、

「好《す》きなだけ、城《しろ》に泊《と》まっていってくれ。ここはむかしも今《いま》も、おまえの家《いえ》だ。」

と、心《こころ》から言《い》いました。ガストンは一瞬《いっしゅん》うれしそうな顔《かお》をしました。けれども、

「いや、そうもいかない。そろそろ領地《りょうち》に帰《かえ》らねば。」

と、答《こた》えたのです。王子《おうじ》は、ガストンをどうしても引《ひ》き止《と》めたくて、

「領地《りょうち》のことなら、ル・フウがおまえの代理《だいり》を務《つと》めているだろう。」

と言《い》いました。ガストンは首《くび》を横《よこ》にふりました。

「いや、あのまぬけなル・フウには任《まか》せられない。心配《しんぱい》するな、王子様《おうじさま》。舞踏会《ぶとうかい》の準《じゅん》備《び》のことは、コグスワースと相談《そうだん》してくれ。」

「〝舞踏会《ぶとうかい》〟？」

王子《おうじ》が思《おも》わず聞《き》き返《かえ》すと、ガストンは大《おお》きくうなずき、

「そうだ。舞踏会《ぶとうかい》だよ。王子様《おうじさま》が全快《ぜんかい》したら、開《ひら》くんだ。何代《なんだい》にもわたって語《かた》り継《つ》が

れるような、盛大《せいだい》な大舞踏会《だいぶとうかい》をな。」
そう言《い》って、意味《いみ》ありげに笑《わら》いました。

6 ガストンの大計画《だいけいかく》

王子《おうじ》の体調《たいちょう》が快復《かいふく》すると、さっそく舞踏会《ぶとうかい》の準備《じゅんび》が始《はじ》まりました。

メイドたちは銀《ぎん》のナイフやフォークをせっせとみがき、馬番《うまばん》たちは客《きゃく》の馬《うま》を入《い》れる厩《うまや》を用意《ようい》するのに大《おお》わらわ。小間使《こまづか》いたちは、おっかなびっくり、はしごに乗《の》って、シャンデリアのほこりを払《はら》い、ろうそくを新《あたら》しいのに取《と》り替《か》えていきます。

「ああ、舞踏会《ぶとうかい》！　お城《しろ》のなかが、こんなに活気《かっき》づいたのは、ひさしぶりですよ！」

「王子様《おうじさま》のために、ガストンの大計画《だいけいかく》をぜひ成功《せいこう》させましょう！」

ポット夫人《ふじん》とコグスワースが廊下《ろうか》を歩《ある》きながら、うれしそうに言《い》いました。

みんながいそいそと働《はたら》くなか、一人《ひとり》だけつまらなそうにしているのは王子《おうじ》です。

王子《おうじ》には、舞踏会《ぶとうかい》の当日《とうじつ》まで何《なに》も用事《ようじ》がありません。たいくつしのぎに、狩《か》りに出《で》ようかと思《おも》いましたが、相棒《あいぼう》のガストンがいません。

(わたしを一人《ひとり》で置《お》いて何《なに》をしている？ こんな計画《けいかく》を立《た》てたのは、おまえだぞ。)

王子《おうじ》はベッドにすわり、最後《さいご》にガストンとかわした会話《かいわ》を思《おも》い出《だ》しました。

「……いやだよ、ガストン。舞踏会《ぶとうかい》は嫌《きら》いだ。城《しろ》のなかが、飾《かざ》り立《た》てた鳥《とり》みたいな女《おんな》どもでいっぱいになる。しかも、たいていが不器量女《ぶきりょうおんな》だ。」

「だけどな、考《かんが》えてもみろよ、王子様《おうじさま》。」

ガストンは、王子《おうじ》の肩《かた》に手《て》を置《お》くとつづけたものです。

「失恋《しつれん》の傷《きず》をいやしてくれるのは、新《あたら》しい恋《こい》だけだ。舞踏会《ぶとうかい》を開《ひら》き、国《くに》じゅうの娘《むすめ》を集《あつ》め、なかでも一番《いちばん》のお妃候補《きさきこうほ》を選《えら》ぶ。それですべて解決《かいけつ》だ！」

「一人《ひとり》の美人《びじん》を見《み》つけるまでに、何十人《なんにん》の不器量女《ぶきりょうおんな》と踊《おど》らなけりゃならないと思《おも》う！」

王子《おうじ》がぞっとした顔《かお》をしてみせると、ガストンはすかさず言《い》い返《かえ》しました。

「王子様《おうじさま》の遠《とお》い親戚《しんせき》のあの王子《おうじ》だって、大舞踏会《だいぶとうかい》でガラスの靴《くつ》の片方《かたほう》を落《お》としていった美女《びじょ》をさがしだしたんだろ？　がんばれよ。」

王子《おうじ》は声《こえ》を上《あ》げて笑《わら》い、

「だがいくら美人《びじん》でも、身分《みぶん》の低《ひく》いのはだめだ。この前《まえ》の農家《のうか》の娘《むすめ》でこりてるからな。」

と言《い》ったのでした。

ついに、舞踏会《ぶとうかい》の前日《ぜんじつ》になりました。でも、ガストンはまだ姿《すがた》を現《あらわ》しません。

（まったく、あんなちっぽけな領地《りょうち》で、何《なん》の忙《いそが》しい用事《ようじ》があるというのだ！）

王子《おうじ》はベルを鳴《な》らして、コグスワースを呼《よ》びつけました。

「お呼《よ》びでございますか？」

コグスワースが、しゃちこばってやってきました。

「ああ。コグスワース。例《れい》の画家《がか》を招《まね》いてほしい。新《あたら》しい肖像画《しょうぞうが》を描《か》かせたいのだ。」

「承知《しょうち》いたしました。さっそく手配《てはい》をいたします。ですが、王子様《おうじさま》――。」

コグスワースは、言《い》いにくそうに、言葉《ことば》を切《き》りました。

「どうした？　コグスワース。あの画家《がか》を招《まね》くのには、反対《はんたい》か？」

コグスワースは、あわてて答《こた》えました。

「いえいえ！　執事《しつじ》のわたくしが反対《はんたい》など、めっそうもない。ただ、王子様《おうじさま》、あの風《ふう》変《が》わりな画伯《がはく》がまた見《み》えると聞《き》けば、使用人一同《しようにんいちどう》、おおいに興味《きょうみ》をもつのではと……。」

コグスワースのもって回《まわ》った言《い》い方《かた》に、王子《おうじ》は心《こころ》のなかで吹《ふ》き出《だ》しました。使用人《しようにん》たちが興味《きょうみ》をもつのは画家《がか》その人《ひと》ではなく、画家《がか》がなぜまた来《く》るか、に決《き》まっています。

けれども王子《おうじ》は、コグスワースに調子《ちょうし》を合《あ》わせて答《こた》えました。

「そうだな、コグスワース。あの画家《がか》は、みなが興味《きょうみ》をもつような変人《へんじん》だ。だが絵《え》の腕前《うでまえ》はすばらしいぞ。ところで舞踏会《ぶとうかい》の準備《じゅんび》のほうは、どうだ？」

「はい、王子様《おうじさま》。すべて順調《じゅんちょう》でございます。明日《あした》はすばらしい一夜《いちや》となりましょう。」

コグスワースは、胸《むね》を張《は》りました。王子《おうじ》はうなずき、

「ところで、ガストンはどうした。そもそも、舞踏会《ぶとうかい》を開《ひら》けと言《い》ったのはやつだぞ。」

と言《い》いました。コグスワースは、なぜか、ますます胸《むね》を張《は》り、

「はい、王子様《おうじさま》。今朝《けさ》、使《つか》いの者《もの》がまいりまして、明朝《みょうちょう》もどってくるそうでございます。」

と、にっこり笑《わら》って答《こた》えました。

翌日《よくじつ》の夕方《ゆうがた》。城《しろ》は金色《きんいろ》のゆらめく光《ひかり》に、煌々《こうこう》と照《て》らし出《だ》されました。迷路《めいろ》のような生《い》け垣《がき》にも明《あ》かりが置《お》かれ、動物《どうぶつ》の形《かたち》に刈《か》りこまれた植木《うえき》が、まるで生《い》き物《もの》のように輝《かがや》いています。王子《おうじ》は、華《はな》やかな舞踏会《ぶとうかい》が始《はじ》まるまでのひとときを、一人《ひとり》でゆっくり過《す》ごそうと、お気《き》に入《い》りのばら園《えん》に向《む》かいました。

そして、ばら園《えん》の入《い》り口《ぐち》の、咲《さ》きかけの小《ちい》さなピンクのばらでおおわれたアーチをくぐったところで、ガストンの野太《のぶと》い声《こえ》が聞《き》こえてきました。

「おーい！　王子様《おうじさま》、どこにいる？」

王子《おうじ》は返事《へんじ》もせず、ばら園《えん》の奥《おく》で、今宵《こよい》はどんな美人《びじん》と会《あ》えるのかと、想像《そうぞう》をめぐらしつづけました。するとつぜん、まぶたの裏《うら》に、キルケの顔《かお》が浮《う》かんだのです。王子《おうじ》の心《こころ》は痛《いた》みました。あれほど自分《じぶん》を愛《あい》してくれる娘《むすめ》が、この先《さき》、見《み》つかるだろうか。いや、キルケは夢《ゆめ》で、三人《にん》の姉《あね》たちは熱《ねつ》にうかされて見《み》た悪夢《あくむ》だったのか……。

王子《おうじ》がいらいらと頭《あたま》をふると、

「見《み》つけたぞ！　やっぱりここか！」

ガストンがどすどすと、ばら園《えん》に入《はい》ってきて、王子《おうじ》の肩《かた》をたたきました。

「そろそろ、ご婦人《ふじん》がたのご到着《とうちゃく》だ。急《いそ》げ。王子様《おうじさま》がいなくちゃ始《はじ》まらないぞ。」

「今《いま》、行《い》くよ。」

王子《おうじ》はため息《いき》をつくと言《い》いました。

「なんだよ、その、うかない顔《かお》は？　おれはな、きのうまで隣《となり》の三国《ごく》を、馬《うま》でかけめぐって、招待状《しょうたいじょう》をまいてきたんだ。今夜《こんや》は、盛大《せいだい》な舞踏会《ぶとうかい》になるぞ！」

二人《ふたり》はばら園《えん》を出《で》ると、急《いそ》いで城館《じょうかん》に向《む》かい、大広間《おおひろま》に入《はい》りました。

何《なん》百人《にん》もの着飾《きかざ》った娘《むすめ》たちが、舞踏会《ぶとうかい》の始《はじ》まりを待《ま》って、一列《れつ》に並《なら》んでいます。この国《くに》はもちろん、ガストンの招待状《しょうたいじょう》を手《て》に、一度《いちど》でもいいから王子《おうじ》と踊《おど》りたいと、隣《となり》の三国《ごく》からも集《あつ》まってきたのでしょう。

大広間《おおひろま》の扉《とびら》が開《ひら》くと、髪《かみ》の色《いろ》も瞳《ひとみ》の色《いろ》もさまざまな娘《むすめ》たちが、扇《おうぎ》を手《て》に、ドレスのすそをつまみ、王子《おうじ》に会釈《えしゃく》して入《はい》ってきます。

（なかなかの美人《びじん》ぞろいではないか！　よくやったぞ、ガストン。）

王子《おうじ》はほがらかにほほえみながら、ガストンに感謝《かんしゃ》しました。

ガストンが大広間《おおひろま》の中央《ちゅうおう》を指差《ゆびさ》して言《い》いました。

「あの金髪《きんぱつ》の美女《びじょ》はどうだ？　お隣《となり》のモーニングスター王国《おうこく》の王女《おうじょ》、チューリップ姫《ひめ》だ。おとなしくて本《ほん》も勉強《べんきょう》もきらい。生意気《なまいき》な理屈《りくつ》なんか、ぜったい言《い》わない。」

王子《おうじ》は、ぱっと顔《かお》を輝《かがや》かせました。美人《びじん》で、おとなしくて、理屈《りくつ》を言《い》わない。しかも隣《となり》の国《くに》の王女《おうじょ》となれば、身分《みぶん》も問題《もんだい》ありません。

「よし、姫君《ひめぎみ》をこちらへお連《つ》れしろ。ぜひ話《はなし》がしてみたい。」

モーニングスター王国《おうこく》のチューリップ姫《ひめ》は、豊《ゆた》かにカールした金色《きんいろ》の髪《かみ》と、ミルクのように白《しろ》い肌《はだ》、青空《あおぞら》のようなブルーの瞳《ひとみ》の持《も》ち主《ぬし》です。豪華《ごうか》なダイヤのネックレスと、ひだ飾《かざ》りをふんだんにつけたピンクのドレスに包《つつ》まれた姿《すがた》は、美《うつく》しい人形《にんぎょう》のようでした。

この美《うつく》しい姫《ひめ》の欠点《けってん》は、ただ一つ。ピントがはずれているということでした。けれども王子《おうじ》は、そんなことは気《き》にもしませんでした。妻《つま》にするなら、おとなしくて、王《おう》子《じ》をひたすら愛《あい》してくれる美女《びじょ》と、むかしから決《き》めていたからです。

チューリップ姫《ひめ》は、王子《おうじ》と話《はな》しているあいだじゅう、王子《おうじ》を見《み》つめていました。話《はなし》についていけないと、くすくすと笑《わら》ってごまかしました。

王子《おうじ》はチューリップ姫《ひめ》がたいそう気《き》に入《い》り、その場《ば》で結婚《けっこん》を申《もう》しこみました。

ガストンも大喜《おおよろこ》びです。

チューリップ姫《ひめ》と踊《おど》りつづける王子《おうじ》に代《か》わり、その晩《ばん》やってきた全員《ぜんいん》のダンスの相《あい》手《て》を務《つと》めました。

7 チューリップ姫《ひめ》と肖像画《しょうぞうが》

王子《おうじ》とチューリップ姫《ひめ》は、舞踏会《ぶとうかい》の夜《よる》にめでたく婚約《こんやく》しました。

舞踏会《ぶとうかい》が終《お》わると、チューリップ姫《ひめ》はいったん、両親《りょうしん》の待《ま》つモーニングスター王国《おうこく》へ帰《かえ》りました。やがて行《おこな》われる盛大《せいだい》な結婚式《けっこんしき》に備《そな》えて、あれこれ準備《じゅんび》をする必要《ひつよう》があったからです。婚約期間中《こんやくきかんちゅう》は慣習《かんしゅう》によって、姫《ひめ》が王子《おうじ》を訪問《ほうもん》することになりました。もちろん姫一人《ひめひとり》ではなく、乳母《うば》といっしょに、ときには王妃《おうひ》である姫《ひめ》の母《はは》につきそわれ、馬車《ばしゃ》に乗《の》ってやってくるのです。

チューリップ姫《ひめ》が帰国《きこく》するとすぐ、例《れい》の画家《がか》から、近々参上《ちかぢかさんじょう》しますという返事《へんじ》がありました。あの多忙《たぼう》な天才画家《てんさいがか》がわざわざ、婚約記念《こんやくきねん》の肖像画《しょうぞうが》を描《えが》くという噂《うわさ》は近隣《きんりん》の王侯貴族《おうこうきぞく》をおおいに驚《おどろ》かせ、うらやましがらせました。

そんなある日《ひ》、雨《あめ》の午後《ごご》。チューリップ姫《ひめ》の馬車《ばしゃ》が、王子《おうじ》の城《しろ》に到着《とうちゃく》しました。馬車《ばしゃ》からおりた姫《ひめ》は全身《ぜんしん》ぐしょぬれ。美《うつく》しい金髪《きんぱつ》はひたいにはりつき、濡《ぬ》れたドレスのすそやそでから、雨水《あまみず》がぽたぽたしたたっています。

王子《おうじ》は、濡《ぬ》れそぼつ姫《ひめ》のほおにキスし、

「いとしい、チューリップ姫《ひめ》。道中《どうちゅう》は快適《かいてき》でしたか？」

と、型通《かたどお》りの挨拶《あいさつ》を述《の》べました。とたんに、

「〝快適《かいてき》〟？」

馬車《ばしゃ》の奥《おく》から不《ふ》きげんな声《こえ》とともに、姫《ひめ》の乳母《うば》らしい老婆《ろうば》が顔《かお》を出《だ》し、

「ごらんになれば、おわかりでしょう！　とつぜんの豪雨《ごうう》で、馬車《ばしゃ》は雨《あま》もり。姫君《ひめぎみ》はぐしょぬれです。すぐにも温《あたた》かいお風呂《ふろ》をご用意《ようい》くださいませ！」

とわめき立《た》てたのです。王子《おうじ》は眉《まゆ》をひそめ、姫《ひめ》の乳母《うば》を見《み》つめました。顔《かお》こそしわくちゃですが、髪《かみ》と肌《はだ》は雪《ゆき》のように白《しろ》く、目《め》は生《い》き生《い》きと輝《かがや》いています。

（この乳母《うば》はくせものだぞ。注意《ちゅうい》しろ。）

王子《おうじ》は、心《こころ》のなかで自分《じぶん》に言《い》い聞《き》かせ、

「やあ、おまえが姫《ひめ》の乳母《うば》か。やっと会《あ》えたね。」

と、笑顔《えがお》を作《つく》ってみせました。乳母《うば》はじろりと王子《おうじ》を見《み》つめ、

「ありがたいお言葉《ことば》を、王子様《おうじさま》。ですが、どうぞ、わたくしどものお部屋《へや》にご案内《あんない》くださいませ。姫君《ひめぎみ》をすぐ、温《あたた》かいお風呂《ふろ》にお入《い》れしたいのでございます。」

と、訴《うった》えました。王子《おうじ》はさっそく、コグスワースを呼《よ》びました。

「さあさあ、お姫様《ひめさま》。すぐにご案内《あんない》いたします。大変《たいへん》な道中《どうちゅう》でございましたね。」

コグスワースはさっそく先《さき》に立《た》って、階段《かいだん》を上《のぼ》りだしました。

三人《にん》の姿《すがた》が視界《しかい》から消《き》えると、王子《おうじ》はあのやっかいな乳母《うば》をなんとか遠《とお》ざけておく方法《ほうほう》はないかと考《かんが》えだしました。そして、ついに名案《めいあん》を思《おも》いついたのです。

（そうだ！　ポット夫人《ふじん》に相手《あいて》をさせよう。そうすれば姫《ひめ》と二人《ふたり》になれる。）

王子《おうじ》が美《うつく》しい婚約者《こんやくしゃ》とのすばらしい一週間《しゅうかん》に思《おも》いをめぐらせかけたとき、

「画伯《がはく》のご到着《とうちゃく》でございます。」

使用人《しようにん》の声《こえ》がしました。王子《おうじ》ははっとしました。

（あの変人画家《へんじんがか》と、チューリップ姫《ひめ》の乳母《うば》はできるだけ離《はな》しておくべきだ。）

こうるさい乳母《うば》は、ディナーの席《せき》で画家《がか》の演説《えんぜつ》を聞《き》いただけでも、帰国後早々《きこくごそうそう》、姫《ひめ》の両親《りょうしん》に何《なに》を言《い》いつけるかわかりません。王子《おうじ》はコグスワースを呼《よ》んで、なんとかならないものかと相談《そうだん》しました。コグスワースはさっそくポット夫人《ふじん》と相談《そうだん》し、ポット夫人《ふじん》がチューリップ姫《ひめ》の乳母《うば》をその日《ひ》の夕食《ゆうしょく》に招待《しょうたい》する、ということにしました。

姫《ひめ》の乳母《うば》たる者《もの》が、調理場《ちょうりば》で身分《みぶん》の低《ひく》い使用人《しようにん》たちと食事《しょくじ》するなどとは、例外中《れいがいちゅう》の例外《れいがい》です。けれども、もてなしじょうずのポット夫人《ふじん》はすぐに乳母《うば》をくつろがせてしまいました。

いっぽう、ダイニングルームでは、王子《おうじ》と姫《ひめ》と画家《がか》が、楽《たの》しく優雅《ゆうが》なディナーを満《まん》喫《きつ》していました。花柄《はながら》のテーブルセンターの代《か》わりに、いくつものガラスの花《か》びん。趣向《しゅこう》をこらした照明《しょうめい》で、ダイニングルームはまるで、たくさんのろうそくの光《ひかり》に照《て》らし出《だ》された美《うつく》しい大庭園《だいていえん》のようです。けれども、なかでもとびきり美《うつく》しいのはチューリップ姫《ひめ》だと、王子《おうじ》は満足《まんぞく》げに思《おも》いました。すると画家《がか》がとつぜん、グラスを持《も》って立《た》ち上《あ》がりました。

「愛《あい》に！　人《ひと》をじらせ、いらだたせる愛《あい》に！」

チューリップ姫《ひめ》は扇《おうぎ》の後《うし》ろで、ただくすくすと笑《わら》うばかりです。

王子《おうじ》は、急《いそ》いで立《た》ち上《あ》がり、

「おお、愛《あい》に！　そして、あなたのすばらしい才能《さいのう》に乾杯《かんぱい》、画伯《がはく》。」

と返《かえ》しました。チューリップ姫《ひめ》がまた、くすくすと笑《わら》いました。

（なんとかわいい人《ひと》だ！　なんでも言《い》うことを聞《き》いてくれそうだ。）

王子《おうじ》はすっかり上《じょう》きげんで、

「あなたのような天才《てんさい》に婚約記念《こんやくきねん》の肖像画《しょうぞうが》を頼《たの》めて、じつにうれしいぞ。この先《さき》、姫《ひめ》もわたしも、あなたの筆《ふで》で封《ふう》じこめた、われわれのもっとも幸《しあわ》せなひとときの記憶《きおく》を、いつでも取《と》り出《だ》して思《おも》い起《お》こすことができる。」

画家《がか》に向《む》かって、ほほえみました。画家《がか》はぱっと顔《かお》を輝《かがや》かせ、

「光栄《こうえい》でございます！　王子様《おうじさま》。姫君《ひめぎみ》もさぞや、お心待《こころま》ちでございましょうね。」

と聞《き》きました。チューリップ姫《ひめ》はどきっとして、

「ええ、もちろん――わたくしも――心待《こころま》ちにしておりますわ。お式《しき》を。」

と言《い》いました。画家《がか》は目《め》をつりあげ、声《こえ》を荒《あら》らげます。

「違《ちが》う！　わたしは、肖像画《しょうぞうが》ができるのをさぞやお心待《こころま》ちかと、うかがったのです。まず、お二人《ふたり》の衣装《いしょう》を拝見《はいけん》します。それから背景《はいけい》となる場所《ばしょ》も。ばら園《えん》はいかがです？　そうだ、そうしましょう。画家《がか》が気《き》に入《い》って描《えが》いた肖像《しょうぞう》には、画家本人《がかほんにん》の心《こころ》の顔《かお》が現《あらわ》れるものです。わたしは気《き》に入《い》った。いや、すばらしいお二人《ふたり》だ！」

チューリップ姫《ひめ》は、ぎょっとし、

「ではあの――わたくしたちの肖像画《しょうぞうが》の顔《かお》が、あなたの顔《かお》になるのですか？」

と、真顔《まがお》で聞《き》きました。画家《がか》と王子《おうじ》は大声《おおごえ》で笑《わら》いました。あわれな姫《ひめ》は、画家《がか》と王子《おうじ》がなぜ笑《わら》ったかもわからず、ただくすくすと、笑《わら》ってみせました。

「お気《き》になさらず、姫君《ひめぎみ》。誰《だれ》でもときには、おろかなことを言《い》いますもので。」

画家《がか》がため息《いき》をつくと、姫《ひめ》は、

「まあ、ほんとうに？」

と言《い》って、またくすくすと笑《わら》いだし、王子《おうじ》と画家《がか》も調子《ちょうし》を合《あ》わせて笑《わら》いました。

翌朝《よくあさ》、ばら園《えん》で画家《がか》は、王子《おうじ》と姫《ひめ》になんどもポーズをとらせました。そして、

「王子様《おうじさま》、お願《ねが》いです！　どうか楽《たの》しそうな顔《かお》をなさってください。この肖像画《しょうぞうが》は、あなた様《さま》の人生《じんせい》でもっとも幸《しあわ》せな瞬間《しゅんかん》を封《ふう》じこめたものになるはずです。それなのに、どうしてそんな、しかめ面《つら》しかなされないのです！」

いらいらと、王子《おうじ》を責《せ》めました。

王子《おうじ》は、キルケと、このばら園《えん》で過《す》ごした日々《ひび》を思《おも》い出《だ》していたのです。あれからあまりにもいろいろなことがあり、キルケのこともぼんやりとした記憶《きおく》になりかかっています。けれどもキルケはたしかにあの夜《よる》、三人《にん》の姉《あね》たちとともにやってきて、王《おう》子《じ》が、それまでの悪行《あくぎょう》のせいで呪《のろ》われると言《い》ったのです。

（悪行《あくぎょう》？　悪行《あくぎょう》とは何《なん》だ？　わたしが何《なに》をした？）

王子《おうじ》は心《こころ》のなかで、思《おも》いました。

（呪《のろ》いだと？　たわごとだ！　……そうだよな？）

けれどもときどき、魔女《まじょ》たちの言葉《ことば》はほんとうかもしれないと、思《おも》わずにはいられないのです。すると、そのとき、

「ご昼食《ちゅうしょく》の用意《ようい》が整《ととの》いましてございます。」

王子《おうじ》はコグスワースの声《こえ》でわれに返《かえ》りました。

画家《がか》はデッサン用《よう》のコンテを折《お》り捨《す》て、

「昼食《ちゅうしょく》は部屋《へや》に運《はこ》んでいただきたい。わたしは、一人《ひとり》で食事《しょくじ》をしたいのだ！」

とさけぶと、王子《おうじ》と姫《ひめ》に挨拶《あいさつ》もせず、足音《あしおと》も荒《あら》く、ばら園《えん》を出《で》て行《い》きました。

チューリップ姫《ひめ》は、その場《ば》によよと泣《な》きくずれました。

変人《へんじん》で気《き》まぐれな画家《がか》と、泣《な》きじゃくるチューリップ姫《ひめ》、そしてその気《き》むずかしい乳母《うば》！

週《しゅう》の残《のこ》りが、いったい、どういうことになるのか？
お気《き》に入《い》りのばら園《えん》で、王子《おうじ》は頭《あたま》をかかえ、立《た》ちつくすばかりでした。

8 しおれる花《はな》

翌日《よくじつ》、チューリップ姫《ひめ》と王子《おうじ》は、城《しろ》の朝《あさ》の間《ま》で、気《き》づまりな朝食《ちょうしょく》をとっていました。王子《おうじ》が、前日《ぜんじつ》のディナーに現《あらわ》れなかったのです——一言《ひとこと》の断《ことわ》りもなしに。姫《ひめ》はやむなく画家《がか》と二人《ふたり》だけで夕食《ゆうしょく》の席《せき》に着《つ》き、画家《がか》から王子《おうじ》はどうされたと聞《き》かれても答《こた》えられませんでした。大恥《おおはじ》をかいたチューリップ姫《ひめ》の心《こころ》のなかは、王子《おうじ》への怒《いか》りでにえくり返《かえ》っていました。

けれども姫《ひめ》は黙《だま》って何《なに》も言《い》いませんでした。殿方《とのがた》に怒《おこ》った顔《かお》を見《み》せてはいけませんと、姫《ひめ》は乳母《うば》から毎日《まいにち》のように言《い》い聞《き》かされていたのです。愛《あい》する殿方《とのがた》の悪行《あくぎょう》を見《み》つけたら、しゅんとして黙《だま》っていらっしゃいませ。それで姫様《ひめさま》のご非難《ひなん》は通《つう》じます。こちらが責《せ》めるほど逆《ぎゃく》に自分《じぶん》の罪《つみ》を棚《たな》に上《あ》げ、歯向《はむ》かってくるのが、殿方《とのがた》というものですよと。

チューリップ姫《ひめ》はなんど聞《き》いても、乳母《うば》の教《おし》えの意味《いみ》が理解《りかい》できませんでした。けれども乳母《うば》が一度《いちど》も結婚《けっこん》しなかったのは、その教訓《きょうくん》を守《まも》らなかったせいだということは、なんとなくわかったのです。朝食《ちょうしょく》の席《せき》で姫《ひめ》は、ともかく黙《だま》っていました。聞《き》こえてくるのはナイフやフォークが皿《さら》に当《あ》たる音《おと》と、窓《まど》の外《そと》で小鳥《ことり》がさえずる声《こえ》だけ。王《おう》子《じ》の城《しろ》の朝《あさ》の間《ま》は、全面《ぜんめん》がガラス張《ば》りで、美《うつく》しい庭園《ていえん》の景色《けしき》がたっぷり見渡《みわた》せます。

姫《ひめ》は気《き》まずい沈黙《ちんもく》に耐《た》えながら、王子《おうじ》の言葉《ことば》を待《ま》っていました。もし自分《じぶん》から口《くち》をきいたら、必《かなら》ず王子《おうじ》をなじることになる……。

姫《ひめ》は美《うつく》しい庭《にわ》の風景《ふうけい》に囲《かこ》まれながら、お茶《ちゃ》を飲《の》み、スコーンをつまみ、王子《おうじ》が話《はな》すのを待《ま》っていました。すると、

「チューリップ。」

王子《おうじ》が口《くち》を開《ひら》きました。

「はい、王子様《おうじさま》。」

姫《ひめ》はほっとして、目《め》を輝《かがや》かせました。ところが、

「もういいかな。画家《がか》を待《ま》たせたくない。」

王子《おうじ》は、あやまるどころか、にべもなくそう言《い》ったのです。

次《つぎ》の日《ひ》も、その次《つぎ》の日《ひ》も、同《おな》じように重苦《おもくる》しい時間《じかん》が流《なが》れました。チューリップ姫《ひめ》は一人《ひとり》で城《しろ》のネコと遊《あそ》び、画家《がか》は自画自賛《じがじさん》の演説《えんぜつ》を繰《く》り返《かえ》し、王子《おうじ》は毎夕《まいゆう》、肖像画《しょうぞうが》のモデル役《やく》を終《お》えると、ガストンと酒場《さかば》へくりだしました。

婚約記念《こんやくきねん》の肖像画《しょうぞうが》が仕上《しあ》がると、ごく内輪《うちわ》で祝賀《しゅくが》パーティが開《ひら》かれました。

チューリップ姫《ひめ》の母《はは》、モーニングスター王妃《おうひ》も侍女《じじょ》たちを連《つ》れてやってきました。王様《おうさま》である父《ちち》は公務《こうむ》で国《くに》を離《はな》れられませんでしたが、すばらしい贈《おく》り物《もの》を、どっさりとどけてくれました。ガストンももちろん招待《しょうたい》されています。ポット夫人《ふじん》のとってきのメニューによるディナーが終《お》わり、一同《いちどう》は画家《がか》とともに、大広間《おおひろま》での除幕式《じょまくしき》にのぞみました。壁《かべ》には、王家《おうけ》の人々《ひとびと》の肖像画《しょうぞうが》が順番《じゅんばん》に飾《かざ》られ、一番最後《いちばんさいご》に、王子《おうじ》の少年《しょうねん》

のころの肖像画《しょうぞうが》。その横《よこ》に、黒《くろ》い絹《きぬ》の幕《まく》をかぶせた大《おお》きな額《がく》が一枚《まい》あります。

「では、わが家宝《かほう》の一つを公開《こうかい》いたしましょう。」

王子《おうじ》の合図《あいず》で給仕頭《きゅうじがしら》のルミエールがひもをひくと、肖像画《しょうぞうが》をおおっていた黒《くろ》い絹《きぬ》がはずれました。大広間《おおひろま》には、喝采《かっさい》があふれ、画家《がか》は満足《まんぞく》げに、おじぎをしてみせました。

けれども王子《おうじ》は驚《おどろ》きと不満《ふまん》でいっぱいでした。なんと容赦《ようしゃ》ない描写《びょうしゃ》でしょう。獲物《えもの》をあさるオオカミのような目《め》。冷《つめ》たく、皮肉《ひにく》そうな薄《うす》いくちびる。

(いくらなんでも、ひどすぎる!)

王子《おうじ》がこぶしをにぎりしめたとたん、ガストンがひじをつつき、

「何《なに》か言《い》えよ、王子様《おうじさま》。みんな待《ま》ってるぞ。」

とささやきました。王子《おうじ》はしぶしぶ、言《い》いました。

「わが愛《あい》するフィアンセの美《うつく》しさを、かくも忠実《ちゅうじつ》に写《うつ》し出《だ》してくれた。礼《れい》を言《い》う。」

チューリップ姫《ひめ》が、真《ま》っ赤《か》になって言《い》い添《そ》えました。

「この肖像画《しょうぞうが》のような、凛々《りり》しく威厳《いげん》に満《み》ちた夫《おっと》をもてて、幸《しあわ》せでございますわ。」

（〝威厳《いげん》に満《み》ちた〟？）

王子《おうじ》はさらにいらだちました。

（言葉《ことば》を知《し》らないにもほどがある！　威厳《いげん》に満《み》ちたとは、もっと老《ふ》けた人間《にんげん》に対《たい》して言《い》うことだ。まだ二十歳《はたち》にもならないわたしを、威厳《いげん》に満《み》ちただと？）

ところが改《あらた》めて見《み》れば、肖像画《しょうぞうが》の王子《おうじ》は四十歳過《さいす》ぎに見《み》えるではありませんか。一同《いちどう》は音楽室《おんがくしつ》に移《うつ》り、楽師《がくし》たちが優雅《ゆうが》にかなでる音楽《おんがく》を楽《たの》しみました。けれども王子《おうじ》の心《こころ》は休《やす》まりません。

（あんな年寄《としよ》りと結婚《けっこん》したがる若《わか》い娘《むすめ》がいるか？　姫《ひめ》は、将来王妃《しょうらいおうひ》になれるというだけで、わたしと結婚《けっこん》することにしたのではないか？）

けれども、いくら王子《おうじ》とはいえ、チューリップ姫《ひめ》にそんなことを聞《き》くわけにはいきません。王子《おうじ》はもやもやする心《こころ》をかかえて音楽室《おんがくしつ》から抜《ぬ》け出《だ》し、自室《じしつ》の鏡《かがみ》に姿《すがた》を映《うつ》しました。鏡《かがみ》の向《む》こうから、肖像画《しょうぞうが》とそっくりの自分《じぶん》がこちらをにらみつけています。

王子《おうじ》は怒《いか》りに燃《も》えました。

（なぜみな、見《み》て見《み》ぬふりをする？　わたしが別人《べつじん》のように変《か》わったというのに！）

その晩《ばん》おそく、王子《おうじ》は静《しず》まり返《かえ》った暗《くら》い城《しろ》の廊下《ろうか》を、一人《ひとり》で歩《ある》いていました。モーニングスター王妃《おうひ》の部屋《へや》の前《まえ》を通《とお》り、チューリップ姫《ひめ》の部屋《へや》の前《まえ》を通《とお》りかかると、とつぜん小《ちい》さな音《おと》をたてて扉《とびら》が開《ひら》きました。王子《おうじ》はとびあがりそうになりました。出《で》てきたのは、一匹《ぴき》のネコです。ネコはぞっとするような目《め》で、王子《おうじ》を見《み》つめました。王《おう》子《じ》は思《おも》わず震《ふる》え上《あ》がり、しっしっとネコを追《お》い払《はら》おうとしました。けれども、ネコはにゃあと鳴《な》いて、すたすた王子《おうじ》についてきます。

王子《おうじ》は大広間《おおひろま》に入《はい》り、ろうそくをともして、自分《じぶん》の肖像画《しょうぞうが》と向《む》き合《あ》いました。

（もしやあれは、何《なに》かの見間違《みまちが》いだったのでは？）

けれども淡《あわ》い期待《きたい》は打《う》ち砕《くだ》かれました。目《め》の前《まえ》の肖像画《しょうぞうが》は、鏡《かがみ》で見《み》た自分《じぶん》と、どこからどこまでそっくりです。王子《おうじ》は天才《てんさい》画家《がか》の容赦《ようしゃ》のなさに激怒《げきど》しました。

（手加減《てかげん》という言葉《ことば》を知《し》らないのか？　おろかな絵《え》かきめ。思《おも》い知《し》らせてやる。）

ネコは、王子《おうじ》の心《こころ》を読《よ》んだように、にゃあと鳴《な》いてみせました。

客人《きゃくじん》たちは、夜《よ》が明《あ》ける前《まえ》に城《しろ》を発《た》ちました。執事《しつじ》のコグスワースが、ご用事《ようじ》はございませんかと部屋《へや》を回《まわ》り、ポット夫人《ふじん》は豪華《ごうか》なおべんとうをつめたトランクを、御《ぎょ》者《しゃ》にわたしました。太陽《たいよう》が顔《かお》を出《だ》しても、木々《きぎ》のこずえは霧《きり》に包《つつ》まれ、寒《さむ》さは少《すこ》しもやわらぎません。馬車《ばしゃ》の列《れつ》が坂道《さかみち》を下《くだ》って消《き》えると、王子《おうじ》はガストンを呼《よ》びました。

「少々《しょうしょう》、頼《たの》みがある。たしかおまえは――始末屋《しまつや》を知《し》っていると言《い》ったな？」

ガストンは両眉《りょうまゆ》を上《あ》げました。

「待《ま》てよ。わざわざ殺《ころ》さずとも、あのお姫様《ひめさま》と結婚《けっこん》しないですむ方法《ほうほう》はあるだろう！」

「いや、違《ちが》う、姫《ひめ》ではない。」

王子《おうじ》は苦笑《にがわら》いすると、つづけました。

「始末《しまつ》したいのは、あの絵《え》かきだ！　ただし、わたしがやらせたという証拠《しょうこ》は残《のこ》すなよ。」

「もちろんだ！　任《まか》せておけよ。」

「ありがとう、おまえは頼《たの》もしい友《とも》だ。この件《けん》が片《かた》づいたら、一日《にち》、狩《か》りにでも出《で》ないか？」

「そいつは、いいね！　王子様《おうじさま》。」

ガストンはにやりと笑《わら》いました。

9
冬景色《ふゆげしき》

そしてまもなく、チューリップ姫《ひめ》の次《つぎ》の訪問日《ほうもんび》となりました。

「まあ、なんてきれいなの！　このお城《しろ》は、冬《ふゆ》がとっても美《うつく》しいのね。」

馬車《ばしゃ》が城《しろ》の坂《さか》を上《のぼ》りだすと、姫《ひめ》は思《おも》わず声《こえ》を上《あ》げました。

広《ひろ》く美《うつく》しい母国《ぼこく》も、王子《おうじ》の国《くに》とは比《くら》べ物《もの》になりません。

真《ま》っ白《しろ》な雪《ゆき》に囲《かこ》まれクリスマスの飾《かざ》りつけをされた城《しろ》は、夢《ゆめ》のような美《うつく》しさ。惜《お》しげもなく明《あ》かりがともされた館《やかた》が、暗《くら》い冬《ふゆ》の夜空《よぞら》に、煌々《こうこう》と輝《かがや》いています。

姫《ひめ》はこんどの訪問《ほうもん》を心待《こころま》ちにしていました。そして、こんどこそ王子《おうじ》が、舞踏会《ぶとうかい》で出会《であ》ったときの、親切《しんせつ》でやさしい王子《おうじ》にもどってくれますように、と心《こころ》から願《ねが》っていたのです。折《おり》しも、今《いま》はクリスマスシーズン。王子《おうじ》の沈《しず》んだ心《こころ》も、少《すこ》しは元気《げんき》になっていることでしょう。姫《ひめ》は乳母《うば》をふり返《かえ》り、語《かた》りかけました。

「見《み》て！　道《みち》ぞいの木《き》がぜんぶ、ろうそくで飾《かざ》られているわ！」

「ええ、ええ、姫様《ひめさま》。予想以上《よそういじょう》の美《うつく》しさでございますね。」

乳母《うば》はほがらかに答《こた》えましたが、チューリップ姫《ひめ》は、ほおをふくらませました。

「どうなさいました？　姫様《ひめさま》。なぜ、そんな顔《かお》をなさいます？」

チューリップ姫《ひめ》は何《なに》も言《い》いません。乳母《うば》はにっこり笑《わら》いました。

「わかっておりますよ。どうかご心配《しんぱい》なさらず。わたくしもこんどは気《き》をつけて、よけいなことはいっさい言《い》わないとお約束《やくそく》します。だから、ご安心《あんしん》なさいませ。」

チューリップ姫《ひめ》はほほえみ、乳母《うば》の白《しろ》いほおにやさしくキスしました。

「だいじょうぶ。冬《ふゆ》は姫様《ひめさま》が一番《いちばん》お好《す》きな季節《きせつ》。ぞんぶんにお楽《たの》しみ遊《あそ》ばせ。」

と、乳母《うば》はやさしく言《い》いました。

馬車《ばしゃ》が城《しろ》の玄関《げんかん》の前《まえ》に着《つ》くと、ルミエールが、

「いらっしゃいませ、姫君《ひめぎみ》！　いつにも増《ま》してお美《うつく》しくていらっしゃる！」

馬車《ばしゃ》のドアを開《あ》けて言《い》いました。姫《ひめ》が、いつものように真《ま》っ赤《か》になると、

「ごきげんよう、ルミエール。王子様《おうじさま》は？　遠路《えんろ》はるばる、フィアンセがお訪《たず》ねにあがったのにお出迎《でむか》えがないとは。さぞ大切《たいせつ》なご用事《ようじ》でお忙《いそが》しいのでしょうね。」

乳母《うば》が、先《さき》ほどの約束《やくそく》も忘《わす》れて言《い》いました。ルミエールはあわてて答《こた》えました。

「ええ、そのとおり。あることでお忙《いそが》しいのです。どうぞ、わたくしについていらしてください。お荷物《にもつ》はそこの従者《じゅうしゃ》が東《ひがし》の塔《とう》までお運《はこ》びいたします。」

乳母《うば》と姫《ひめ》は顔《かお》を見合《みあ》わせました。まずは東《ひがし》の塔《とう》の部屋《へや》で一休《ひとやす》みし、着替《きが》えをするのが決《き》まりです。けれども今日《きょう》のルミエールは、二人《ふたり》の先《さき》に立《た》って、広《ひろ》い廊下《ろうか》をどんどん歩《ある》いていきます。すると、長《なが》い廊下《ろうか》の果《は》てに、クリスマス用《よう》の美《うつく》しい包《つつ》み紙《がみ》におおわれ、取《と》っ手《て》に金色《きんいろ》の大《おお》きなリボンを結《むす》んだ扉《とびら》が見《み》えてきました。

「これは何《なん》です？」

乳母《うば》がたずねると、ルミエールはすかさず、

「さあ、姫君《ひめぎみ》。取《と》っ手《て》を回《まわ》して。ご自分《じぶん》の目《め》でお確《たし》かめあれ！」

うきうきと言《い》いました。チューリップ姫《ひめ》は恐《おそ》る恐《おそ》る、扉《とびら》を開《あ》け、

「まあ……！」

と、感嘆《かんたん》の声《こえ》を上《あ》げました。扉《とびら》の向《む》こうに、一面《いちめん》のすばらしい冬景色《ふゆげしき》が現《あらわ》れたのです。大《おお》きなドーム型《がた》の部屋《へや》の中央《ちゅうおう》に、一本《ぽん》のかしの大木《たいぼく》。その枝《えだ》という枝《えだ》にろうそくや、趣向《しゅこう》をこらした飾《かざ》りがついています。木《き》の根元《ねもと》には、数々《かずかず》の贈《おく》り物《もの》が美《うつく》しく並《なら》べられ、その前《まえ》に、王子《おうじ》が立《た》っていました！

王子《おうじ》は両腕《りょううで》を大《おお》きく広《ひろ》げ、チューリップ姫《ひめ》にほほえみかけました。

ところが、姫《ひめ》が王子《おうじ》の腕《うで》にとびこんだとたん、王子《おうじ》は姫《ひめ》を突《つ》き放《はな》し、

「着替《きが》えは？　長旅《ながたび》のあと、着替《きが》えもせずにわたしに会《あ》いに来《き》たのか？」

汚《きたな》いものでも見《み》るような目《め》つきで、姫《ひめ》をにらみつけたのです。

「わたくしめの責任《せきにん》でございます。わたくしが姫《ひめ》を、直接《ちょくせつ》ここへお連《つ》れいたしました。」

ルミエールがあわてて、姫《ひめ》をかばいました。けれども王子《おうじ》は首《くび》を横《よこ》にふり、

「姫《ひめ》。きみはいずれ、この国《くに》の王妃《おうひ》になられる。家臣《かしん》の言葉《ことば》に惑《まど》わされず、自分《じぶん》で判《はん》断《だん》することを学《まな》んでいただきたい。」

と、冷《つめ》たく言《い》ったのです。チューリップ姫《ひめ》は一瞬《いっしゅん》、真《ま》っ赤《か》になり、

「ルミエール、乳母《うば》とわたくしをお部屋《へや》へ。着替《きか》えます。」

せいいっぱい威厳《いげん》のある声《こえ》で命《めい》じ、王子《おうじ》にキスもせず部屋《へや》を出《で》て行《い》きました。

「お許《ゆる》しくださいませ、姫君《ひめぎみ》。王子《おうじ》は最近《さいきん》、ご気分《きぶん》が荒《あ》れがちなのでございます。」

ルミエールは必死《ひっし》に謝罪《しゃざい》しました。

チューリップ姫《ひめ》と乳母《うば》は、顔《かお》を見合《みあ》わせました。

10 展望台《てんぼうだい》

翌日《よくじつ》の夕方《ゆうがた》、チューリップ姫《ひめ》は、クリスマスの飾《かざ》りつけがなされた城《しろ》の廊下《ろうか》を、一人《ひとり》で歩《ある》いていました。見《み》ると、お気《き》に入《い》りのネコが向《む》こうからやってきます。

「こんにちは、フランツェ、ごきげんいかが？」

姫《ひめ》はかがみこんで、ネコの頭《あたま》をなでてやりました。

「フランツェ？　きみが名《な》づけたのか？　物好《ものず》きな。」

驚《おどろ》いて顔《かお》を上《あ》げると、王子《おうじ》が目《め》の前《まえ》に立《た》って、姫《ひめ》を見《み》おろしています。

「いえ、わたくしではありませんの。使用人《しようにん》が――そう呼《よ》んでおりましたので。」

「ふん！　ネコは大《だい》きらいだ！」

王子《おうじ》は吐《は》き捨《す》てるように言《い》い、ネコをいやな目《め》でにらみつけました。

チューリップ姫《ひめ》が、恐《おそ》る恐《おそ》る立《た》ち上《あ》がると、

「おや、そのドレスでディナーに？」

王子《おうじ》は片眉《かたまゆ》を上《あ》げ、肩《かた》をすくめ、

「きみを歓迎《かんげい》するディナーに、その格好《かっこう》か！　まあいい、行《い》こう。」

チューリップ姫《ひめ》の腕《うで》を取《と》って、ダイニングルームへと歩《ある》きだしました。姫《ひめ》はがっかりしました。

城《しろ》に着《つ》いたとき、王子《おうじ》にしかられたことを思《おも》い出《だ》し、今夜《こんや》はとくに慎重《しんちょう》にドレスを選《えら》び、メイクアップも入念《にゅうねん》にしたのです。それなのに――。

姫《ひめ》はとつぜん、王子《おうじ》が大《だい》きらいになりました。

（どんなにお金持《かねも》ちでもハンサムでも、こんないばりやと結婚《けっこん》するのはいや！）

とはいえ、今《いま》すぐ馬車《ばしゃ》を仕立《した》てて出《で》て行《い》くわけにもいきません。姫《ひめ》はがまんして、ディナーの席《せき》に着《つ》きました。やがて、おいしい食事《しょくじ》に気《き》をよくし、王子《おうじ》に言《い》いまし

た。

「展望台《てんぼうだい》にお連《つ》れいただけません？　望遠鏡《ぼうえんきょう》というものを拝見《はいけん》したいわ。」

「……お望《のぞ》みならば。」

王子《おうじ》はうなずくと、姫《ひめ》を案内《あんない》して城《しろ》の長《なが》い石《いし》の階段《かいだん》を上《あ》がっていきました。

冬《ふゆ》の夜空《よぞら》はよく晴《は》れ、望遠鏡《ぼうえんきょう》がなくても、またたく星《ほし》がすぐそこに見《み》えます。

二人《ふたり》はゆっくり階段《かいだん》を上《のぼ》り、展望台《てんぼうだい》にたどり着《つ》きました。すると王子《おうじ》がはっと身構《みがま》えました。展望台《てんぼうだい》には先客《せんきゃく》がいるようです。

「おい！　そこにいるのは誰《だれ》だ？　無断《むだん》で望遠鏡《ぼうえんきょう》をのぞいているのは！」

王子《おうじ》が呼《よ》びかけましたが、答《こた》えは返《かえ》ってきません。

「誰《だれ》だ！　返事《へんじ》をしろ！」

王子《おうじ》は声《こえ》を荒《あら》らげ、震《ふる》える姫《ひめ》を後《うし》ろにかばいながら、近《ちか》づいていきます。

そして、望遠鏡《ぼうえんきょう》のすぐ近《ちか》くまで来《く》ると、あっと小《ちい》さく声《こえ》を上《あ》げました。

「なんだ、これは！　石像《せきぞう》じゃないか。誰《だれ》が運《はこ》んだんだ？」

「まあ不気味《ぶきみ》！　男《おとこ》か女《おんな》か——誰《だれ》かが呪《のろ》いを受《う》けて石像《せきぞう》に変《か》わったような……。」

姫《ひめ》も眉《まゆ》をひそめます。すると王子《おうじ》の耳《みみ》に、あの夜《よる》のキルケの声《こえ》が聞《き》こえました。

〝……呪《のろ》いは、この城館《じょうかん》と敷地《しきち》にも及《およ》ぶ。あなたのお気《き》に入《い》りのばら園《えん》にも。ここに住《す》むすべての者《もの》があなたにかかる呪《のろ》いをともに担《にな》わねばならない。あなたは、鏡《かがみ》をのぞいた瞬間《しゅんかん》から、恐怖《きょうふ》につきまとわれる。〟

王子《おうじ》は、身震《みぶる》いしました。

（あれは、ほんとうだったのか？　まずは容貌《ようぼう》が変《か》わり、次《つぎ》は——これか。）

「どうなさいましたの？　お顔《かお》の色《いろ》がすぐれませんわ。」

チューリップ姫《ひめ》が心配《しんぱい》そうにたずねます。王子《おうじ》は姫《ひめ》の顔《かお》をのぞきこむと、

「チューリップ！　わたしを愛《あい》しているか？　真《しん》に愛《あい》してくれているのか？」

と、ふいにたずねました。先《さき》ほどまでのごうまんさはすっかり消《き》え、まるで幼《おさな》い子《こ》どものように頼《たよ》りなげです。姫《ひめ》は驚《おどろ》き、

「もちろんですわ。でも、なぜそんなことをお聞《き》きになるの？」

と、たずねました。王子《おうじ》は姫《ひめ》の手《て》をにぎりしめ、

「だが、きみはわたしを愛《あい》してくれるだろうか——もしわたしの姿《すがた》が変《か》わっても。」

と、不安《ふあん》げに聞《き》きました。そして、

「姫《ひめ》、わたしはきみを愛《あい》している！　この世《よ》の、どのような宝《たから》より愛《あい》しているのだ。」

と言《い》ったのです。

「わたくしもですわ。王子様《おうじさま》。」

チューリップ姫《ひめ》はあふれる涙《なみだ》とともに、王子《おうじ》の手《て》をにぎり返《かえ》しました。

その晩《ばん》から王子《おうじ》は、別人《べつじん》のようにやさしくなりました。チューリップ姫《ひめ》は、心《こころ》から幸《しあわ》せです。

「ああ、わたくしはやっぱり王子様《おうじさま》を、心《こころ》からお慕《した》いしているわ。」

クリスマスイブも近《ちか》いある日《ひ》。姫《ひめ》が乳母《うば》にそっと打《う》ち明《あ》けると、

「おやまあ、姫様《ひめさま》、このあいだまで、あんな人《ひと》はいやだとおっしゃっていたのに。」

乳母《うば》は笑《わら》って冷《ひ》やかしました。姫《ひめ》は美《うつく》しい眉《まゆ》を上《あ》げ、

「あのかたはね、気性《きしょう》が激《はげ》しいけれど、やさしいの。それがようく、わかったのよ。」

と言《い》いました。乳母《うば》はどうも信用《しんよう》できないという顔《かお》で、

「まあ、しばらく、ようすをごらんになったほうが。」

と言《い》いました。たしかに、王子《おうじ》は姫《ひめ》を大切《たいせつ》に扱《あつか》いました。けれど、乳母《うば》にはそれは少々《しょうしょう》、わざとらしく見《み》えたのです。ネコのフランツェが、王子《おうじ》をにくにくしげににらむ目《め》つきも気《き》になります。

乳母《うば》の心配《しんぱい》どおり、王子《おうじ》は姫《ひめ》を心《こころ》から愛《あい》していたのではありませんでした。魔女《まじょ》の呪《のろ》いを解《と》くには、この浅《あさ》はかな姫《ひめ》と結婚《けっこん》する以外《いがい》にないと思《おも》っていたのです。

姫《ひめ》が王子《おうじ》を本気《ほんき》で愛《あい》していることは、確《たし》かめられました。それで、半分《はんぶん》は成功《せいこう》が約《やく》束《そく》されたようなものです。王子《おうじ》がするべきことは、ただ一つ、魔女《まじょ》たちに、王子《おうじ》も姫《ひめ》を愛《あい》していると認《みと》めさせることだけです。

もちろん、チューリップ姫《ひめ》には愛《あい》すべき点《てん》がいくつもありました。美人《びじん》で内気《うちき》で、

自分《じぶん》の意見《いけん》を主張《しゅちょう》することがありません。おとなしい娘《むすめ》が好《この》みの王子《おうじ》には、うってつけです。本《ほん》も勉強《べんきょう》も好《す》きではなく、これという趣味《しゅみ》もないのも、まあ許《ゆる》せるでしょう。

そして、王子《おうじ》が八《や》つ当《あ》たりをしても、けっして言《い》い返《かえ》したり、歯向《はむ》かってきたりしません。

チューリップ姫《ひめ》の、なんとも扱《あつか》いやすいところが、王子《おうじ》は気《き》に入《い》っていました。ただそれが真実《しんじつ》の愛《あい》かどうかは、王子本人《おうじほんにん》にもわかっていませんでした。姫《ひめ》にやさしくして、一刻《いっこく》も早《はや》く呪《のろ》いからのがれよう——王子《おうじ》はそれしか考《かんが》えなかったのです。

魔女《まじょ》たちは、真実《しんじつ》の愛《あい》をキスで証明《しょうめい》すること、と言《い》っていました。

それはかんたんだ、と王子《おうじ》は思《おも》いました。チューリップ姫《ひめ》をロマンチックな場所《ばしょ》に連《つ》れ出《だ》して、彼女《かのじょ》が一生忘《いっしょうわす》れられないような、キスをすればいいのだと。

王子《おうじ》は、使用人《しようにん》のなかでも、恋《こい》の達人《たつじん》と名高《なだか》いルミエールに相談《そうだん》しました。

「お任《まか》せください、王子様《おうじさま》。」

ルミエールは胸《むね》を張《は》り、王子《おうじ》の耳《みみ》にこっそり、何《なに》かをささやきました。

「さすがだぞ、ルミエール！」

王子《おうじ》は、顔《かお》を輝《かがや》かせました。ルミエールはさっとおじぎをし、

「姫君《ひめぎみ》の乳母《うば》への対策《たいさく》もしておきましょう。ポット夫人《ふじん》に、乳母《うば》を調理場《ちょうりば》のお茶会《ちゃかい》に招《まね》いてもらうのです。乳母《うば》の目《め》がとどかないところで、お二人《ふたり》で、ぞんぶんに羽《はね》を伸《の》ばしてくださいませ。姫君《ひめぎみ》もお喜《よろこ》びになりますよ。」

王子《おうじ》は声《こえ》を立《た》てて笑《わら》いました。

11 朝《あさ》のお茶会《ちゃかい》

翌朝《よくあさ》、城《しろ》の朝《あさ》の間《ま》では、チューリップ姫《ひめ》が乳母《うば》とレース編《あ》みをしていました。

姫《ひめ》の隣《となり》では、ネコのフランツェが深紅《しんく》のベルベットのクッションの上《うえ》で、糸玉《いとだま》と遊《あそ》んでいます。するとルミエールが、ドアの向《む》こうから顔《かお》を出《だ》しました。

「失礼《しつれい》いたします。姫君《ひめぎみ》、ほんの少《すこ》しのあいだ、乳母《うば》どのを貸《か》していただけませんか？　ポット夫人《ふじん》がぜひ下《した》で、朝《あさ》のお茶会《ちゃかい》にご招待《しょうたい》したいと申《もう》しておりまして。」

乳母《うば》が、なるほどという顔《かお》でうなずくと、ルミエールも、

「ええ、乳母《うば》どの。ポット夫人《ふじん》が、特製《とくせい》のピーチパイを焼《や》いてお待《ま》ちしているそうで。」

乳母《うば》に向《む》かって目配《めくば》せしました。

「姫様《ひめさま》、乳母《うば》が少《すこ》しだけおそばを離《はな》れても、おさびしくありませんか？」

乳母《うば》は心配《しんぱい》そうに聞《き》きました。チューリップ姫《ひめ》はにっこりほほえみ、

「ええ、だいじょうぶよ。フランツェがいますもの。そうでしょ？　ネコちゃん。」

ネコは大《おお》きな金色《きんいろ》の目《め》を輝《かがや》かせ、優雅《ゆうが》にまばたきをしてみせました。

「ほらね！　いいから、安心《あんしん》して行《い》っていらっしゃい。」

けれども乳母《うば》が出《で》て行《い》ったとたん、姫《ひめ》は不安《ふあん》になりました。結婚《けっこん》すれば、乳母《うば》と離《はな》れなければなりません。何《なに》かと頼《たよ》りにしてきた乳母《うば》がいなくなるのです。もちろん侍女《じじょ》は何人《なんにん》もつくでしょう。けれども心《こころ》を許《ゆる》せるのは、この乳母《うば》だけ。しかも、ポット夫人《ふじん》と、すっかり仲良《なかよ》しになっているのだから——。

（このまま、ここに置《お》くことはできないかしら？）

しかし乳母《うば》は、もともと母《はは》である王妃《おうひ》の乳母《うば》なのです。姫《ひめ》はため息《いき》をつきました。

（帰《かえ》ったらお母様《かあさま》にお願《ねが》いしてみようかしら。でも、だめとおっしゃられたら？）

姫《ひめ》が美《うつく》しい眉《まゆ》をくもらせたとき、

「ああ、ここだったか！　姫《ひめ》。」

王子《おうじ》がつかつかと朝《あさ》の間《ま》に入《はい》ってきました。

「きみを連《つ》れて行《い》きたい場所《ばしょ》があるのだ。乳母《うば》がいないあいだに――どうだろう？」

チューリップ姫《ひめ》はみるみる顔《かお》を輝《かがや》かせました。こんなに心《こころ》がときめいたのは、幼《おさな》いころ、父《ちち》からカップケーキと名《な》づけた馬《うま》を贈《おく》られて以来《いらい》です。

（カップケーキも連《つ》れてきたいわ。でも王子様《おうじさま》はだめだとおっしゃるかしら？）

「チューリップ？」

王子《おうじ》の声《こえ》で、姫《ひめ》はわれに返《かえ》りました。

「まあ、王子様《おうじさま》、ごめん遊《あそ》ばせ。王子様《おうじさま》が、ポット夫人《ふじん》に、乳母《うば》を朝《あさ》のお茶会《ちゃかい》に呼《よ》ぶよう、頼《たの》んでくださいましたのね！　なんて、おやさしいのでしょう。」

王子《おうじ》は、まぬけだとみくびっていた姫《ひめ》が案外鋭《あんがいするど》いことに、内心《ないしん》びっくりしました。

けれども、やさしい笑顔《えがお》を作《つく》ると、

「きみに見《み》せたいものがあるのだ。」

と、言《い》いました。

「まあ、なんでしょう？」

姫《ひめ》は、子《こ》どものように興奮《こうふん》した声《こえ》を上《あ》げました。

「すぐにわかるさ。でもまずは、これをつけて。」

王子《おうじ》は姫《ひめ》に白《しろ》い絹《きぬ》の目隠《めかく》しをつけさせ、姫《ひめ》の手《て》を引《ひ》いて、中庭《なかにわ》のほうへ歩《ある》いていきました。そして、

「このまま五十歩《ぽ》歩《ある》いて、目隠《めかく》しを取《と》るんだ。たいした道《みち》のりではないよ。さあ！」

姫《ひめ》のほおにキスすると、彼女《かのじょ》が震《ふる》えていることに気《き》づき、はっとしました。

「怖《こわ》いのかい？　だいじょうぶだ。障害物《しょうがいぶつ》はないし、着《つ》けばわたしが待《ま》っている。」

王子《おうじ》の足音《あしおと》がどんどん遠《とお》ざかっていきます。姫《ひめ》はしかたなく歩《ある》きだしました。目《め》をふさがれるのは何《なに》よりきらい。でも愛《あい》する王子《おうじ》の好意《こうい》を無《む》にするわけにはいきません。

「……四十八……四十九……。」

ついに五十を数《かぞ》えると、目隠《めかく》しを取《と》りはずしました。見《み》ると、姫《ひめ》の靴《くつ》のつま先《さき》がピンクのばらの花《はな》びらに触《ふ》れています。一瞬《いっしゅん》の後《のち》、姫《ひめ》はあっと小《ちい》さな声《こえ》を上《あ》げました。目《め》の前《まえ》に、ばらの花《はな》びらを敷《し》きつめた一本《ぽん》の小道《こみち》が見《み》えます。ピンク色《いろ》の小道《こみち》は中庭《なかにわ》を横切《よこぎ》って、迷路《めいろ》のような植《う》えこみへと、つづいていました。チューリップ姫《ひめ》はさっそく、ふかふかとした花《はな》びらの上《うえ》を歩《ある》きだしました。植《う》えこみのところどころには、いろいろな動物《どうぶつ》の形《かたち》に刈《か》りこまれた植木《うえき》が並《なら》んでいます。やがて姫《ひめ》は、巨大《きょだい》なヘビの形《かたち》に刈《か》りこまれた植木《うえき》が大《おお》きな口《くち》を開《あ》け、長《なが》い恐《おそ》ろしげな牙《きば》をむきだしているところまで来《き》ました。次《つぎ》の角《かど》を曲《ま》がると、石《いし》でできた、実物《じつぶつ》そっくりな城《しろ》の模型《もけい》が現《あらわ》れました。本物《ほんもの》との違《ちが》いは、どの角《かど》や塔《とう》のわきにも、神話《しんわ》や伝説《でんせつ》の動物《どうぶつ》が配《はい》されていることです。

いつか生《う》まれてくる子《こ》どもたちが、ここを笑《わら》いながら走《はし》り回《まわ》る姿《すがた》を想像《そうぞう》すると、姫《ひめ》の心《こころ》は幸《しあわ》せでいっぱいになりました。そして、ふしぎな動物《どうぶつ》の植木《うえき》を見《み》ながら、ばらの花《はな》びらを踏《ふ》んで、歩《ある》きつづけます。ピンクの道《みち》はいつしか迷路《めいろ》を離《はな》れ、姫《ひめ》の目《め》の前《まえ》に、見《み》たこともないような美《うつく》しい庭《にわ》が現《あらわ》れました。

それは低《ひく》い石壁《いしかべ》に囲《かこ》まれた半円形《はんえんけい》の庭《にわ》で、色鮮《いろあざ》やかな花々《はなばな》が、今《いま》を盛《さか》りと咲《さ》き乱《みだ》れています。そのところどころに、冬《ふゆ》の冷《つめ》たく青《あお》い光《ひかり》を浴《あ》びて、伝説《でんせつ》や神話《しんわ》の登場人物《とうじょうじんぶつ》の石像《せきぞう》が置《お》かれていました。

そして庭《にわ》の中心《ちゅうしん》の石《いし》のベンチには。姫《ひめ》の愛《あい》する王子《おうじ》が、腕《うで》を広《ひろ》げて待《ま》っていました。

「なんてすばらしいお庭《にわ》でしょう！　でも冬《ふゆ》のさなかに、どうしてこんなことが？」

姫《ひめ》が聞《き》くと、王子《おうじ》はほがらかに笑《わら》い、

「温室《おんしつ》の花《はな》をここへ移《うつ》させたのだ。きみに春《はる》の喜《よろこ》びを味《あじ》わってもらうために。」

と答《こた》えました。

「すばらしいわ！　あなたは、なんて素敵《すてき》なかたなのでしょう！」

姫《ひめ》は、はにかんでうつむき、雪景色《ゆきげしき》のなかに咲《さ》く花々《はなばな》を見《み》つめました。

姫《ひめ》のくちびるを奪《うば》うなら、今《いま》です。王子《おうじ》は、

「キスしてもいいかい？」

とささやきました。チューリップ姫《ひめ》はあたりをすばやく見回《みまわ》し、自分《じぶん》から王子《おうじ》にキスしました——なんどもなんども。

王子《おうじ》と姫《ひめ》は仲良《なかよ》く城館《じょうかん》へと歩《ある》きだしました。二人《ふたり》とも、いつになくくつろぎ、姫《ひめ》は一時《いちじ》はいやがっていた王子《おうじ》との結婚《けっこん》が待《ま》ち遠《どお》しくなりました。ところが、

「聞《き》こえたかい？　チューリップ。」

今《いま》までごきげんだった王子《おうじ》がとつぜん、あわてだしたのです。

姫《ひめ》は眉《まゆ》をひそめました。聞《き》こえるのは、近《ちか》くの木《き》の枝《えだ》で小鳥《ことり》がさえずる声《こえ》だけです。

「ほら！　聞《き》こえただろう。あの音《おと》だ。まるで猛獣《もうじゅう》がうなっているような……。」

チューリップ姫《ひめ》は、笑《わら》いだしました。

「植木《うえき》の猛獣《もうじゅう》たちが命《いのち》をえて、わたくしたちを食《た》べにきたのでは？」

王子《おうじ》は真顔《まがお》で、あたりを見回《みまわ》しました。とたんに姫《ひめ》は怖《こわ》くなりました。

「まさか、ここに本物《ほんもの》の猛獣《もうじゅう》がいると、お思《おも》いになっているの？」

「さあ、わからない。ここを動《うご》かないで。見《み》てくるから。」

王子《おうじ》は言《い》いました。姫《ひめ》は王子《おうじ》の腕《うで》にしがみつき、

「置《お》いていかないで！　わたくし、一人《ひとり》で猛獣《もうじゅう》の餌食《えじき》になりたくありませんわ！」

と、ぶるぶる震《ふる》えだしました。王子《おうじ》はいらだち、

「いいから、わたしが言《い》ったとおり、ここで待《ま》つんだ。その手《て》を放《はな》してくれ。」

チューリップ姫《ひめ》の手《て》を乱暴《らんぼう》に放《はな》すと、迷路《めいろ》に向《む》かって走《はし》りだしました。

姫《ひめ》が震《ふる》えながら立《た》ちすくんでいると、やがて王子《おうじ》が帰《かえ》ってきました。

「まあ、そのおけが！」

姫《ひめ》は息《いき》をのみました。王子《おうじ》の腕《うで》から、どくどくと血《ち》が流《なが》れています。猛獣《もうじゅう》の爪《つめ》は王《おう》子《じ》の上着《うわぎ》をつらぬき、腕《うで》に深《ふか》い傷《きず》をつけたのです。

「何《なに》がありましたの？　何《なに》が襲《おそ》ってきたのです？」

王子《おうじ》は姫《ひめ》をにらみつけ、むっとして答《こた》えました。

「鋭《するど》い歯《は》を持《も》つ猛獣《もうじゅう》だ。」

それ以上《いじょう》聞《き》けば、王子《おうじ》は激怒《げきど》してわめきだしそうです。姫《ひめ》はしかたなく、

「すぐに、いっしょにお館《やかた》にもどりましょう。手当《てあ》てが必要《ひつよう》ですわ。」

とだけ言《い》いました。二人《ふたり》は黙々《もくもく》と、城館《じょうかん》に向《む》かいました。姫《ひめ》は王子《おうじ》の態度《たいど》が急変《きゅうへん》したことに気《き》づきました。さっきまであんなにやさしかった王子《おうじ》が、怒《いか》りに燃《も》えている。しかも姫《ひめ》は、王子《おうじ》の怒《いか》りが、王子《おうじ》を襲《おそ》った猛獣《もうじゅう》ではなく、なぜかほかならぬ自分《じぶん》に向《む》けられていると、感《かん》じずにはいられませんでした。

できることなら声《こえ》を上《あ》げて泣《な》きくずれたいと、姫《ひめ》は思《おも》いました。けれども、そんなことをすれば、王子《おうじ》のわけもわからぬ怒《いか》りに火《ひ》をつけるようなもの。

チューリップ姫《ひめ》は、けがをした王子《おうじ》につきそって、ただ黙々《もくもく》と歩《ある》きました。王子《おうじ》の気分《きぶん》が直《なお》ることを必死《ひっし》で祈《いの》りながら。

12 消《き》えたコグスワース

王子《おうじ》と姫《ひめ》が館《やかた》にもどると、ルミエールが走《はし》り出《で》てきました。

「どうなされました！　王子様《おうじさま》、そのおけがは！」

「コグスワースはどこだ？　コグスワースに医者《いしゃ》を呼《よ》びにやらせろ！」

王子《おうじ》はわめき立《た》てました。

ルミエールは困《こま》ったように、目《め》を伏《ふ》せるばかりです。

王子《おうじ》はいよいよ逆上《ぎゃくじょう》しました。

「早《はや》くしろ！　コグスワースに医者《いしゃ》を呼《よ》ばせろ！」

「はい、いいえ、王子様《おうじさま》。ともかく、わたくしが今《いま》すぐ、ご手配《てはい》を。」

ルミエールはそう言《い》うと、さっそくメモを書《か》き、近《ちか》くに控《ひか》えていた従者《じゅうしゃ》に、城《しろ》の医《い》者《しゃ》のところへ持《も》っていかせました。王子《おうじ》のかんしゃくが爆発《ばくはつ》しました。

「おい！　答《こた》えろ！　コグスワースはどうした！」

「王子様《おうじさま》。わたくしどももみな、コグスワースがどこにいるか知《し》らないのでございます。」

ルミエールは、しかたなくほんとうのことを言《い》いました。王子《おうじ》は目《め》をつりあげました。

「いったい、何《なに》を言《い》っているのだ。コグスワースがいない？　ばかな！　すぐに見《み》つけて、わたしが呼《よ》んでいるから、すぐ来《く》るようにと言《い》え。ああ、もういい。自分《じぶん》でやる。」

王子《おうじ》はだんろに近《ちか》づき、コグスワースの控《ひか》え室《しつ》のベルにつながるひもを引《ひ》きました。

「申《もう》しわけございません――王子様《おうじさま》、コグスワースはそこにはおりません。みんなでさがしましたが見《み》つからないのです。誰《だれ》もが、心配《しんぱい》しております。」

王子《おうじ》がまた、どなりだしました。

「いったい、どうなっているのだ？　コグスワースは、どこにいる？　持《も》ち場《ば》を離《はな》れて、ふらふら遊《あそ》びに出《で》かけるようなやつではなかろう！」

「おおせのとおり。調理場《ちょうりば》では、ポット夫人《ふじん》が涙《なみだ》にくれております。ポット夫人《ふじん》は、息子《むすこ》のチップに城《しろ》じゅうをさがさせたのですが、コグスワースは、見《み》つかりません。おそれながら王子様《おうじさま》、最後《さいご》に彼《かれ》を見《み》たのはいつか、覚《おぼ》えておいででしょうか？」

「いや、そう言《い》えば、今日《きょう》は一日《いちにち》じゅう、コグスワースの姿《すがた》を見《み》ていないな。」

すると、チューリップ姫《ひめ》がおずおずと、言《い》いだしました。

「ほんとうにおかしいですわね。わたくしも心配《しんぱい》です。でも……お医者様《いしゃさま》はまだ？」

ルミエールは、はっとしました。

「姫君《ひめぎみ》のおおせのとおりでございますよ。まずは、わたくしが応急処置《おうきゅうしょち》をさせていただきます。そのあとに、改《あらた》めてコグスワースをさがしましょう。」

13

王子《おうじ》の変身《へんしん》

城《しろ》は大騒《おおさわ》ぎとなりました。コグスワースどころか、こんどはポット夫人《ふじん》までもが姿《すがた》を消《け》してしまったのです。ひとまず姫《ひめ》と乳母《うば》は部屋《へや》にもどりました。

「でも、変《へん》ねえ！　おまえたちは二人《ふたり》でお茶《ちゃ》をいただいていたんでしょ。」

姫《ひめ》が首《くび》をかしげると、乳母《うば》は赤《あか》く泣《な》きはらした目《め》で答《こた》えました。

「はい。わたくしが、ポットにお湯《ゆ》を入《い》れようと席《せき》をはずし、もどってきたらもういなかったのでございます。そして——調理場《ちょうりば》のテーブルの上《うえ》には、別《べつ》のティーポットが——丸《まる》くてかわいい、小《ちい》さなティーポットが一つ、置《お》いてございましたの！」

「別《べつ》のティーポットが？　もう一つ？　奇妙《きみょう》ねえ。誰《だれ》が置《お》いたのかしら？」

姫《ひめ》が眉根《まゆね》を寄《よ》せると、乳母《うば》は声《こえ》を落《お》として言《い》いました。

「姫様《ひめさま》！　奇妙《きみょう》も何《なに》も！　このお城《しろ》では何《なに》か恐《おそ》ろしい、不気味《ぶきみ》なことが起《お》こっているのでございます！　わたくしは、最初《さいしょ》から感《かん》じておりました。」

乳母《うば》の迷信好《めいしんず》きがまた始《はじ》まった！　姫《ひめ》はひそかにため息《いき》をつきました。

「姫様《ひめさま》！　姫様《ひめさま》のお心《こころ》は、お見通《みとお》しですよ。でも、この乳母《うば》のような年寄《としよ》りは、常識《じょうしき》では信《しん》じられないようなことも、たくさん見聞《みき》きしておりますからねえ。」

乳母《うば》は胸《むね》を張《は》って、つづけました。

「はっきり申《もう》して、このお城《しろ》は間違《まちが》いなく、呪《のろ》われております！」

すると、部屋《へや》の入《い》り口《ぐち》でせきばらいが聞《き》こえました。ルミエールです。

「医者《いしゃ》はお部屋《へや》をさがりました。王子様《おうじさま》は心地《ここち》よくお休《やす》みでございます。」

「お加減《かげん》は？」

姫《ひめ》は心配《しんぱい》そうにたずねました。

「ご心配《しんぱい》なく。ただお疲《つか》れなので、ご面会《めんかい》は明日《あした》ということに。」

ルミエールの言葉《ことば》に、姫《ひめ》は、王子《おうじ》と今《いま》すぐ会《あ》いたいという気持《きも》ちをおさえ、

「コグスワースばかりか、ポット夫人《ふじん》まで姿《すがた》を消《け》して、みな、さぞ心配《しんぱい》でしょう。大《おお》げさなディナーなど必要《ひつよう》ありません。今夜《こんや》は乳母《うば》とお部屋《へや》でいただきますからね。」

と心《こころ》から言《い》いました。姫《ひめ》が見《み》せた心《こころ》くばりに、ルミエールばかりか乳母《うば》までが思《おも》わず感激《かんげき》しました。けれどもルミエールは、

「とんでもないことで！　だいじなお客様《きゃくさま》に、お部屋《へや》で夕食《ゆうしょく》など！　お着替《きが》えの銅鑼《どら》は六時《じ》。ディナーは八時《じ》でございます。ではのちほど。」

にっこり笑《わら》うと、急《いそ》いで引《ひ》きさがりました。

「ねえ、もしかして、コグスワースとポット夫人《ふじん》は、駆《か》け落《お》ちしたんじゃない？」

ルミエールが出《で》て行《い》くと、姫《ひめ》は小声《こごえ》で言《い》いました。乳母《うば》は首《くび》を横《よこ》にふりました。

「まさか！　これは呪《のろ》いでございますよ！　姫様《ひめさま》。」

「お願《ねが》い、呪《のろ》いの話《はなし》は、もうたくさん！」

姫《ひめ》は乳母《うば》をにらんでみせました。

その晩《ばん》、城《しろ》のダイニングルームでは姫《ひめ》と乳母《うば》が、二人《ふたり》だけでディナーの席《せき》に着《つ》いていました。大《おお》きなダイニングテーブルのまんなかには、その日《ひ》、姫《ひめ》が訪《おとず》れた庭《にわ》から持《も》ってきた花々《はなばな》が飾《かざ》られ、いくつものろうそくが、あたりをやさしく照《て》らしています。ルミエールが、こんなときだからこそと、二人《ふたり》のために、心《こころ》をこめて手配《てはい》をしたのです。

姫《ひめ》と乳母《うば》の前《まえ》に、すばらしいデザートが運《はこ》ばれてきたとき、王子《おうじ》がふらふらとダイニングルームに入《はい》ってきました。

「ふん！　こんな非常時《ひじょうじ》に、のんびりディナーをお楽《たの》しみか！」

王子《おうじ》は皮肉《ひにく》たっぷりに言《い》いました。その顔《かお》は疲《つか》れ果《は》て、この一日《にち》で十歳《さい》も年《とし》をとったように見《み》えます。乳母《うば》と姫《ひめ》は、困《こま》ったように顔《かお》を見合《みあ》わせました。

「姫《ひめ》！　何《なに》か言《い》うことはないのか！」

乳母《うば》が姫《ひめ》を差《さ》し置《お》いて口《くち》を開《ひら》きました。

「お待《ま》ちください！　わたくしの姫様《ひめさま》に何《なに》をおっしゃいます！　姫様《ひめさま》は、あなた様《さま》とあのお二人《ふたり》のことを、それは心配《しんぱい》なさっていたのですよ。わたくしも同《おな》じです。」

王子《おうじ》の顔《かお》つきが、みるみる悪魔《あくま》のように冷酷《れいこく》になっていきます。

「そんな目《め》で、わたしを見《み》るな！」

王子《おうじ》は乳母《うば》をどなりつけると、ものすごい顔《かお》でチューリップ姫《ひめ》を見《み》すえました。

「このうそつき女《おんな》！　わたしを愛《あい》してもいないくせに、愛《あい》していると言《い》ったな！」

チューリップ姫《ひめ》は息《いき》をのみ、

「ひどいわ！　わたくしは心《こころ》の底《そこ》からあなた様《さま》を愛《あい》しておりますのに！」

と、涙《なみだ》ながらに訴《うった》えました。王子《おうじ》はまっさおな顔《かお》で姫《ひめ》をにらみつけ、

「もしおまえが、わたしをほんとうに愛《あい》していたなら、こんなことにはならなかった！　ポット夫人《ふじん》もコグスワースも消《き》えず、わたしが植木《うえき》の猛獣《もうじゅう》どもに襲《おそ》われることもなかった。そして、見《み》ろ！　わたしの顔《かお》はどんどん老《ふ》けていく！　おまえのせいだ！」

とわめきます。乳母《うば》は泣《な》きじゃくるチューリップ姫《ひめ》を抱《だ》きしめました。

「さあ、おまえたち！　今《いま》すぐ、この城《しろ》を出《で》て行《い》け！　荷物《にもつ》は送《おく》ってやる。」

王子《おうじ》は乳母《うば》をけとばし、姫《ひめ》の髪《かみ》をつかんで、ダイニングルームの扉《とびら》のほうへ歩《ある》きだします。

「出《で》て行《い》け！　今《いま》すぐに！　顔《かお》も見《み》たくない！」

そこへ、ガストンがかけこんできました。

「どうしたんだ、王子様《おうじさま》！　いったい、何《なに》があった？」

姫《ひめ》を王子《おうじ》から引《ひ》き離《はな》し、乳母《うば》を助《たす》け起《お》こすと、

「ともかくお部屋《へや》へおもどりください。ここは、わたしにお任《まか》せを。」

と、ささやきました。乳母《うば》は姫《ひめ》を連《つ》れ、ガストンの助言《じょげん》どおり部屋《へや》にもどりました。

王子《おうじ》はなぜ理由《りゆう》もなく姫《ひめ》を責《せ》め、乱暴《らんぼう》を働《はたら》いたのか？　もしかすると、けがのせいで熱《ねつ》が出《で》て、心《こころ》が変《へん》になっているのか？　わからない――わからない。いったい、どういうこと？　東《ひがし》の塔《とう》の客室《きゃくしつ》で、姫《ひめ》と乳母《うば》は言葉《ことば》もなくすわりこんでいました。すると、ルミエールが悲《かな》しげな顔《かお》で入《はい》ってきました。

「姫君《ひめぎみ》。わたくしが今《いま》から、お帰《かえ》りのご案内《あんない》をいたします。お荷物《にもつ》はのちほど……。」

そして、さらに悲《かな》しげな顔《かお》でつづけました。

「姫君《ひめぎみ》。ここはいったん、ご両親《りょうしん》のもとへお帰《かえ》りになるのが一番《いちばん》かと存《ぞん》じます。いずれ王子《おうじ》が快復《かいふく》いたしましたら、必《かなら》ずお手紙《てがみ》を差《さ》し上《あ》げますでしょう。」

「ええ、さようでしょうとも。」

乳母《うば》はルミエールに向《む》かってうなずくと、

「姫様《ひめさま》、いったんお国《くに》へもどりましょう。こういうことは、時《とき》が解決《かいけつ》するもの。この乳母《うば》が保証《ほしょう》いたします。どうぞご安心《あんしん》なさいませ。」

チューリップ姫《ひめ》は乳母《うば》につきそわれ、暗《くら》くて長《なが》い城《しろ》の廊下《ろうか》を歩《ある》いて、すごすごと国《くに》へもどる馬車《ばしゃ》に乗《の》りこみました。

14 転落《てんらく》の日々《ひび》

チューリップ姫《ひめ》が王子《おうじ》からの手紙《てがみ》を受《う》け取《と》ることは、ありませんでした。

王子《おうじ》は、チューリップ姫《ひめ》と乳母《うば》を城《しろ》から追《お》い出《だ》すと、そのまま何《なん》か月《げつ》も自分《じぶん》の部屋《へや》に閉《と》じこもってしまいました。昼間《ひるま》もカーテンを閉《し》めたまま、夜《よる》になると、ろうそくを一本《ぽん》だけともさせました。そして、ガストン以外《いがい》の訪問客《ほうもんきゃく》は、誰《だれ》も部屋《へや》へ入《い》れませんでした。

ある日《ひ》、王子《おうじ》はガストンを呼《よ》び、モーニングスター城《じょう》まで馬《うま》をとばし、国王夫妻《こくおうふさい》にチューリップ姫《ひめ》との婚約解消《こんやくかいしょう》を正式《せいしき》に申《もう》し入《い》れてくるよう、頼《たの》みました。

「ほんとうにいいんだな？　王子様《おうじさま》。」

「ああ、もちろんだ。」

「だが、婚約《こんやく》のときの約束《やくそく》は？　王子様《おうじさま》はモーニングスター王《おう》に、大金《たいきん》を貸《か》すと約束《やくそく》しただろ？　もし金《かね》を借《か》りられなければ、モーニングスター王《おう》は困《こま》るだろう。」

「もちろん、そうだろうな。」

王子《おうじ》は冷《つめ》たくほほえむとつづけました。

「それも、モーニングスター王《おう》が悪《わる》いのさ。あんな欲張《よくば》り娘《むすめ》を、わたしに押《お》しつけようとしたからだ。チューリップ姫《ひめ》は、わたしを愛《あい》してなどいなかった。わたしと結婚《けっこん》すればぜいたくができるし、父《ちち》である王様《おうさま》の国《くに》も助《たす》かると思《おも》ったんだ。ずうずうしい！」

ガストンは何《なに》も言《い》いませんでした。今《いま》まで王子《おうじ》にはなんども、チューリップ姫《ひめ》は王《おう》子《じ》を本気《ほんき》で愛《あい》していると伝《つた》えています。しかし王子《おうじ》はまったく耳《みみ》を貸《か》しませんでした。

王子《おうじ》が腕《うで》に大《おお》けがをしたあの日《ひ》、王子《おうじ》と姫《ひめ》に何《なに》があったのか？

ガストンには、想像《そうぞう》もつきませんでした。

（それにしても、あのお姫様《ひめさま》に、計略《けいりゃく》を立《た》てたりできるのか？）

ガストンは、ひそかに首《くび》をかしげました。正直《しょうじき》なところ、ガストンにはチューリップ姫《ひめ》が、人《ひと》をだませるほど頭《あたま》がいいとは、とても思《おも》えませんでした。美人《びじん》でひかえめで、物事《ものごと》を難《むずか》しく考《かんが》えないところが、王子《おうじ》の好《この》みにぴったりだと思《おも》ったのに……。

「明日《あした》の朝一番《あさいちばん》で、モーニングスター王国《おうこく》へ行《い》ってくるよ。安心《あんしん》しろ。」

ガストンは王子《おうじ》に言《い》いました。

王子《おうじ》はふたたび皮肉《ひにく》な笑《わら》いを浮《う》かべました。ろうそくの光《ひかり》にゆれる王子《おうじ》の顔《かお》は、不《ぶ》気味《きみ》にゆがんでいます。ガストンは、王子《おうじ》が怖《こわ》くなりました。

15 使用人《しようにん》たち

王子《おうじ》はさらにまた何《なん》か月《げつ》も、自分《じぶん》の部屋《へや》から出《で》ようとしませんでした。

一人《ひとり》で暗《くら》い部屋《へや》にこもり、恐怖《きょうふ》と怒《いか》りをつのらせていました。

今《いま》や、部屋《へや》に顔《かお》を見《み》せる使用人《しようにん》は、ルミエールのみです。

「ほかの者《もの》はどうした?」

不審《ふしん》に思《おも》った王子《おうじ》は、ある日《ひ》ついに、たずねました。けれどもルミエールは、

「さて、それは……。」

と言《い》って、うつむくばかりです。ルミエールは、小《ちい》さな燭台《しょくだい》を手《て》に、王子《おうじ》の顔《かお》をそっと、のぞきこみました。

王子《おうじ》がチューリップ姫《ひめ》を追《お》い出《だ》した日《ひ》から、城《しろ》の使用人《しようにん》が、次々《つぎつぎ》と呪《のろ》いをかけられ、家具《かぐ》や食器《しょっき》に変《か》えられています。使用人同士《しようにんどうし》は、たがいがわかるのですが、王子《おうじ》にはまったく見《み》えないのです。

でも王子《おうじ》の青《あお》ざめ、疲《つか》れ果《は》てた顔《かお》を見《み》ると、ルミエールには、とてもほんとうのことは話《はな》せませんでした。王子《おうじ》は何《なに》を見《み》ても恐《おそ》ろしがりました。しばしばルミエールに、石像《せきぞう》が勝手《かって》に城《しろ》のなかを歩《ある》き回《まわ》り、自分《じぶん》をひそかに監視《かんし》していると訴《うった》えました。

そしてこの日《ひ》も、返事《へんじ》をにごすルミエールを、

「誰《だれ》もいないのは、わたしを嫌《きら》って出《で》て行《い》ったのだ！　違《ちが》うか！」

と、問《と》いつめました。

ルミエールは、自分《じぶん》もそのうち、ほかの使用人《しようにん》たちと同《おな》じように、城《しろ》の家具《かぐ》か調度《ちょうど》に変《か》わることを知《し》っていました。そうなったら、誰《だれ》がだいじな王子《おうじ》のお世話《せわ》をするのでしょう？　激怒《げきど》する王子《おうじ》の前《まえ》で、ルミエールはひそかに頭《あたま》をかかえました。

あの日《ひ》ティーポットに変《か》えられたポット夫人《ふじん》は、ときどき調理場《ちょうりば》に使用人《しようにん》たちを集《あつ》

めては、かつての王子《おうじ》がどれほど素敵《すてき》な若者《わかもの》だったかを話《はな》して聞《き》かせました。そして、コグスワースもほかの使用人《しようにん》たちも、いつか必《かなら》ず、呪《のろ》いが解《と》ける日《ひ》が来《く》ると信《しん》じ、当面《とうめん》、王子《おうじ》のお世話《せわ》をする者《もの》として、ルミエールを頼《たよ》りにしていたのです。そんなある日《ひ》。ルミエールは王子《おうじ》に、

「少《すこ》し外《そと》に出《で》てみませんか？　きっとご気分《きぶん》も変《か》わります。」

とすすめました。

王子《おうじ》は最初《さいしょ》、ためらいました。チューリップ姫《ひめ》との婚約《こんやく》を解消《かいしょう》したとたん、王子《おうじ》の顔《かお》はさらに恐《おそ》ろしく変《か》わっていたのです。

まるで怪物《かいぶつ》か——野獣《やじゅう》のように。

王子《おうじ》は、どうしたら呪《のろ》いを解《と》けるのか、さっぱりわかりませんでした。

チューリップ姫《ひめ》の愛《あい》をえて、婚約《こんやく》までしたのに、呪《のろ》いは解《と》けなかったのです。

（なぜだ？　なぜだ？　どうしたらいい。）

王子《おうじ》がこぶしをかため、地団駄《じだんだ》を踏《ふ》んだとたん、

「あのう、お――王子様《おうじさま》。」

ルミエールの、申《もう》しわけなさそうな声《こえ》が聞《き》こえました。王子《おうじ》は、

「ああ、外《そと》には行《い》く。だが暗《くら》くなってからだ。誰《だれ》にも見《み》られないよう、手配《てはい》しろ。わかったな。」

と、いらだたしげに命《めい》じました。ルミエールは深《ふか》くうなずきました。

「承知《しょうち》いたしました。本日《ほんじつ》はひさびさに、ダイニングルームにディナーをご用意《ようい》いたします。お部屋《へや》でばかりめしあがるのは、お体《からだ》によくございませんよ。」

「勝手《かって》にしろ！　さあ行《い》け！　しばらく、一人《ひとり》になりたい。」

王子《おうじ》はルミエールをどなりとばすと、ベッドにもぐりこみました。すると、廊下《ろうか》で話《はな》し声《ごえ》がします。一人《ひとり》はルミエール。そしてもう一人《ひとり》は？

王子《おうじ》は急《いそ》いで廊下《ろうか》にとびだしました。

「おい、ルミエール。今《いま》、誰《だれ》と話《はな》していた？」

ルミエールがぎょっとしてふり返《かえ》りました。

「ひとりごとでございますよ。王子様《おうじさま》。」

「うそをつくな！　たしかに、コグスワースの声《こえ》が聞《き》こえたぞ！」

ルミエールは悲《かな》しげな顔《かお》でうつむきました。

「正直《しょうじき》に言《い》え！　おまえは、ほんとうにコグスワースと話《はな》していなかったのか？」

ルミエールは燭台《しょくだい》を手《て》に、そっと顔《かお》を上《あ》げました。

「はい。王子様《おうじさま》。コグスワースを最後《さいご》に見《み》ましたのは——だいぶ前《まえ》のこと——。」

16

森《もり》へ

春《はる》の夕暮《ゆうぐ》れは、王子《おうじ》の一番《いちばん》好《す》きな時間帯《じかんたい》でした。

暗《くら》いばら色《いろ》にそまった空《そら》に、重《おも》たげにのぼるクリーム色《いろ》の月《つき》――。

その日《ひ》もちょうど、そんな夕暮《ゆうぐ》れでした。ルミエールのはからいで、誰《だれ》とも顔《かお》を合《あ》わせず城《しろ》の外《そと》に出《で》た王子《おうじ》は、ひさしぶりに森《もり》を散歩《さんぽ》することにしました。

森《もり》に入《はい》ると、あたりは暗《くら》さを増《ま》し、木々《きぎ》のこずえのすきまから、星《ほし》がちらちらと見《み》え始《はじ》めました。王子《おうじ》は深《ふか》く息《いき》を吸《す》いこみました。

（いい空気《くうき》だ！　部屋《へや》で、魔女《まじょ》どもが来《く》るのを待《ま》っているより、ずっといい！）

上《じょう》きげんになった王子《おうじ》は、狩《か》りをしたくなりました。

（この森《もり》で、最後《さいご》にガストンと狩《か》りをしたのは、いつだったろう？）

王子《おうじ》はため息《いき》をつき、ふと耳《みみ》を澄《す》ませました。

タッタッタと足音《あしおと》が聞《き》こえ、向《む》こうのほうから、銃《じゅう》をかついだ人間《にんげん》が走《はし》ってきます。

王子《おうじ》はすばやく一本《ぽん》の大木《たいぼく》の後《うし》ろにかくれました。

（ガストンじゃないか！）

すると、なんとガストンの弾丸《だんがん》は大木《たいぼく》をこっぱみじんに吹《ふ》きとばす勢《いきお》いで、王子《おうじ》に向《む》けて発射《はっしゃ》されたのです。

（やったな！）

内側《うちがわ》からわき上《あ》がる怒《いか》りから、完全《かんぜん》に野獣《やじゅう》と化《か》した王子《おうじ》は、牙《きば》をむき、低《ひく》いうなり声《ごえ》を上《あ》げて、ガストンをにらみつけました。次《つぎ》の瞬間《しゅんかん》、王子《おうじ》は相手《あいて》がガストンだということを忘《わす》れました。目《め》の前《まえ》にいるのは、ただの狩人《かりゅうど》。自分《じぶん》を狙《ねら》う敵《てき》。

王子《おうじ》の頭《あたま》のなかには、敵《てき》の心臓《しんぞう》の音《おと》だけがひびいています。

（……こいつの肉《にく》をさき、骨《ほね》をかみくだき、血《ち》をなめてやる！）

野獣《やじゅう》は敵《てき》にとびかかり、鋭《するど》いかぎ爪《づめ》をもつ四肢《しし》で、敵《てき》を地面《じめん》にねじふせました。

「あ、あ、……うわぁ！」

野獣《やじゅう》は敵《てき》の悲鳴《ひめい》でわれに返《かえ》り、恐怖《きょうふ》に満《み》ちたガストンの顔《かお》をのぞきました。

（ガストン！　ガストンじゃないか！）

ガストンはおびえきっています。野獣《やじゅう》はぞっとしました。

（わたしは親友《しんゆう》の命《いのち》を奪《うば》おうとした。幼《おさな》い日《ひ》に自分《じぶん》の命《いのち》を救《すく》ってくれた親友《しんゆう》の命《いのち》を。）

野獣《やじゅう》は、大《おお》きな前足《まえあし》で、ガストンの震《ふる》える手《て》から銃《じゅう》をたたき落《お》とし、森《もり》の奥《おく》に向《む》かってけとばしました。そして、全速力《ぜんそくりょく》で逃《に》げ出《だ》したのです。

困惑《こんわく》するガストンを、一人残《ひとりのこ》して。

17 呪《のろ》いは進《すす》む

森《もり》からかけもどった野獣《やじゅう》は、自分《じぶん》の部屋《へや》にとびこみ、激《はげ》しく扉《とびら》を閉《し》めました。

まもなく下《した》の階《かい》が騒《さわ》がしくなりました。けがをしたガストンが、助《たす》けをもとめてやってきたのです。野獣《やじゅう》は親友《しんゆう》のようすを見《み》に行《い》きたい気持《きも》ちを必死《ひっし》でおさえ、部屋《へや》に閉《と》じこもっていました。ルミエールがさっそく、城《しろ》の医者《いしゃ》を呼《よ》び、手当《てあ》てを受《う》けたガストンは、無事《ぶじ》に帰《かえ》っていきました。

「今《いま》のは、ガストンだったな？　わたしのことを何《なに》か言《い》わなかったか？」

野獣《やじゅう》が現《あらわ》れると、ルミエールは眉《まゆ》をひそめ、

「ガストン？　はて、見知《みし》らぬ若者《わかもの》で、狩《か》りのとちゅう、森《もり》で襲《おそ》われたと。」

と答《こた》えました。なんとルミエールもガストンも、互《たが》いのことが、記憶《きおく》からすっかりなくなっているのです。野獣《やじゅう》は、ルミエールを問《と》いつめました。

「森《もり》で――森《もり》で、何《なに》に襲《おそ》われたと言《い》ったのだ。」

「猛獣《もうじゅう》にと、申《もう》しておりました。見《み》たこともないような、恐《おそ》ろしい猛獣《もうじゅう》に襲《おそ》われたと。」

ルミエールは震《ふる》えながら答《こた》えました。

「くそ！　あの魔女《まじょ》どもめ！」

野獣《やじゅう》がライオンのような髪《かみ》をかきむしると、

「王子様《おうじさま》、ここは庭番《にわばん》に任《まか》せ、しばらく別《べつ》の場所《ばしょ》へお移《うつ》りになっては？」

ルミエールがおずおずと、もちかけました。

「庭番《にわばん》だと？　あいつがまだ残《のこ》っているというのか？」

「ええ、王子様《おうじさま》。おります。姿《すがた》かたちは変《か》わっても、わたくしどもは全員《ぜんいん》、ここにおります。そして、あなた様《さま》のご用《よう》は何《なん》でも、すぐ喜《よろこ》んでいたします。」

ルミエールはにっこり笑《わら》い、さびしそうにつづけました。

「呪《のろ》いが進《すす》めばわたくしも、いつ、どのような姿《すがた》になるかわかりません。けれども必《かなら》ず、おそばにおります。どうか一日《いちにち》も早《はや》く、呪《のろ》いが解《と》けますよう……。」

野獣《やじゅう》は、かっとしました。

「しつこいぞ！　呪《のろ》いのことは、毎日《まいにち》考《かんが》えているのだ！」

ルミエールはぎょっとして、あとずさりしました。

「申《もう》しわけございません！　王子様《おうじさま》、わたくしはただ……。」

「出《で》て行《い》け！」

野獣《やじゅう》にどなられたルミエールは、肩《かた》を落《お》として、引《ひ》きさがりました。

野獣《やじゅう》になった王子《おうじ》がルミエールを見《み》たのは、それが最後《さいご》となりました。

そして、その後《ご》のある日《ひ》、野獣《やじゅう》は一夜《いちや》の宿《やど》をもとめてやってきた老人《ろうじん》を、怒《いか》りのあまりとらえて閉《と》じこめることになるのです。

18 魔女《まじょ》の館《やかた》

ここは、草《くさ》の生《お》い茂《しげ》る丘《おか》の上《うえ》の魔女《まじょ》の館《やかた》。金《きん》で飾《かざ》り立《た》てられた濃《こ》い緑色《みどりいろ》の壁《かべ》に黒《くろ》のよろい戸《ど》があり、魔女《まじょ》のとんがりぼうしのような屋根《やね》がついています。三人《にん》の魔女《まじょ》は、この大《おお》きな館《やかた》のキッチンで、朝《あさ》のお茶《ちゃ》を飲《の》んでいました。

「ルシンダ、ルビー。さあ、ブルーベリー・スコーンが焼《や》けたわよ！」

マーサが呼《よ》びかけました。すると窓辺《まどべ》でルシンダが、ふいに大声《おおごえ》をあげました。

「ねえ、ほら見《み》て！　帰《かえ》ってきたわよ！　あの子《こ》が。」

三人《にん》の魔女《まじょ》が窓辺《まどべ》に顔《かお》を並《なら》べ、外《そと》をのぞきました。金色《きんいろ》の目《め》をした美《うつく》しいネコがゆっくりと丘《おか》を登《のぼ》ってきます。

「今《いま》、朝《あさ》ごはんをあげるからね！」

ルシンダが、いそいそとミルクを取《と》りに走《はし》ります。

フランツェはゆうゆうとキッチンに入《はい》ってくると、テーブルの上《うえ》にとびのりました。

「見《み》てたわよ、フランツェ。あたしたちは何《なに》もかも、あんたのその目《め》を通《とお》してね。」

「よくやったわねえ！　フランツェ。」

「ほんとに、いいネコ！」

三人《にん》の魔女《まじょ》は、美《うつく》しいネコをとりまいて、きゃっきゃっと騒《さわ》ぎ立《た》てます。

そこへキルケが眠《ねむ》そうに目《め》をこすりながらやってきて、

「あら、フランツェ！　ひさしぶり。」

ミルクをなめ終《お》わったフランツェの頭《あたま》を、やさしくなでてやりました。

「フランツェは、王子《おうじ》を見張《みは》っていたの。あたしたちの代《か》わりにねえ。」

マーサが言《い》いました。キルケは目《め》を丸《まる》くし、

「姉《ねえ》さんたち！　あの人《ひと》にまだ何《なに》かしてるの？」

と文句《もんく》を言《い》ったものの、

「で――何《なに》がわかったの？」

と、聞《き》かずにはいられませんでした。

「そりゃもう、とんでもないことよ！　想像以上《そうぞういじょう》にねえ。」

「あいつは婚約者《こんやくしゃ》を自殺《じさつ》させちゃった！」

「あわれなチューリップ姫《ひめ》は、がけから海《うみ》へ身《み》をなげた！」

「いやらしくて、にくたらしくて、うっとうしい野獣《やじゅう》！」

「思《おも》わず、けとばしたくなるわ！　きゃきゃ！」

マーサとルビーとルシンダが、ブーツのかかとを鳴《な》らしながら、はねまわります。

「姉《ねえ》さんたち、お願《ねが》い！　落《お》ち着《つ》いて話《はな》して！　わたしにわかるように。」

キルケの訴《うった》えに、ルビーが言《い》いました。

「やつは、あたしたちが思《おも》ったとおり野獣《やじゅう》になって、ガストンを殺《ころ》しかけた。」

「でも殺《ころ》さなかったんでしょ？」

キルケがほっとして言《い》うと、ルシンダが目《め》をつりあげました。

「あんた、まさか――まだ、あんなやつを愛《あい》しているんじゃないでしょうねえ。」

「もちろん、もう愛《あい》してないわ。今《いま》はただ、あの人《ひと》が呪《のろ》いを解《と》くことができるか見《み》てるだけよ。」

「キルケ！　あんたはいつでも他人《たにん》を思《おも》いやる。それはまあ、勝手《かって》だけどね。」

「でも、あたしたちは違《ちが》うの。あたしたちが興味《きょうみ》があるのは、あんたの幸《しあわ》せだけ。」

「だって、あんたはあたしたちの、だいじな、だいじな妹《いもうと》だもの！」

ルビーとルシンダとマーサが、次々《つぎつぎ》に言《い》い立《た》てました。

キルケは困《こま》った顔《かお》をしました。いくら愛《あい》する姉《あね》たちでも、他人《たにん》への思《おも》いやりがないという点《てん》はほめられません。すると、

「いいこと？　キルケ。あのお姫様《ひめさま》も王子《おうじ》もね、不幸《ふしあわ》せになるのは、自分《じぶん》が悪《わる》いの。思《おも》いやりなんか、かける必要《ひつよう》はないわよ。」

ルビーが言《い》いました。三人《にん》の姉《あね》はテーブルに着《つ》くと、口々《くちぐち》に、王子《おうじ》とチューリップ姫《ひめ》の恋《こい》のなりゆきを、おさらいしてみせました。

「やつはね、あわれなチューリップ姫《ひめ》をたぶらかして、キスを奪《うば》い、呪《のろ》いを解《と》こうとしたの。姫《ひめ》は本気《ほんき》で彼《かれ》を愛《あい》していたのよ。でもそのキスで呪《のろ》いは解《と》けなかった。」

「だって、王子《おうじ》は本気《ほんき》じゃなかったんだもの！」

「呪《のろ》いを解《と》く条件《じょうけん》は？——そう！真実《しんじつ》の愛《あい》で、両思《りょうおも》いってことだったでしょ。」

「お姫様《ひめさま》の愛《あい》は本物《ほんもの》だった。でも王子《おうじ》は違《ちが》ったの。」

「しかも王子《おうじ》は、呪《のろ》いが解《と》けなかったのは、チューリップ姫《ひめ》のせいだと思《おも》ったのよ！」

「自分勝手《じぶんかって》なやつよ。あんなうその愛《あい》であたしたちをだませると思《おも》ったんだから——ばかね。そして結局《けっきょく》、姫《ひめ》の心《こころ》を傷《きず》つけたのよ！」

「両親《りょうしん》のもとへ帰《かえ》った姫《ひめ》は、ある日《ひ》、がけから海《うみ》に身《み》をなげたの。」

それを聞《き》いたキルケの顔《かお》が、みるみる青《あお》ざめてきました。

「キルケ、あんたの責任《せきにん》じゃないわ。悪《わる》いのはぜんぶ、あの王子《おうじ》なのよ。」

マーサが、強《つよ》い口調《くちょう》で言《い》いました。キルケはため息《いき》をつきました。

「わかっているわ、でもね、呪《のろ》いをかけたのは、わたしなんだから……。」

「あんたのせい？　冗談《じょうだん》じゃないわ！」

ルシンダが眉《まゆ》をつりあげ、ルビーがわめき立《た》てました。

「そんなことといったら、何《なん》でも自分《じぶん》が悪《わる》いことになる。あの伝説《でんせつ》の〝老女王《ろうじょおう》〟が、行《ゆ》く先々《さきざき》で災害《さいがい》を引《ひ》き起《お》こし、死体《したい》の山《やま》を築《きず》いたのも、あんたのせい？」

「老女王《ろうじょおう》ねえ！　あの人《ひと》、自分《じぶん》がそう呼《よ》ばれるのをほんとうに嫌《きら》ってたわよね。」

マーサが、なんだか懐《なつ》かしそうに言《い》いました。

「だって、しかたないじゃない！　ほんとに、ぼろぼろのばあさんだったんだから。」

「で、老女王《ろうじょおう》は、老《お》いた悲《かな》しみと虚栄心《きょえいしん》に負《ま》け、がけから身《み》をなげ、死《し》んだわけ。」

「わーい、死《し》んだ、死《し》んだ。ばあさん女王《じょおう》は、死《し》んじゃったっと！」

「姉《ねえ》さんたち、話《はなし》をチューリップ姫《ひめ》にもどしてよ！　あのお姫様《ひめさま》は王子《おうじ》にふられて、がけから身《み》をなげて？　それからどうしたの？」

キルケが問《と》いつめると、

「チューリップ姫《ひめ》は助《たす》かったわよ。あたしたちの友《とも》だちのアースラに救《すく》われたの。」

ルシンダが残念《ざんねん》そうに言《い》いました。キルケはぎょっとしました。

「海《うみ》の魔女《まじょ》アースラに？　で、アースラはチューリップ姫《ひめ》に何《なに》を要求《ようきゅう》したの？　お姫《ひめ》様《さま》の命《いのち》と交換《こうかん》に。」

「知《し》ーらない。」「知《し》らない！」「知《し》らないっと！」

三人《にん》の魔女《まじょ》は声《こえ》を合《あ》わせてさけびました。

「だめよ、かくしてもだめ。姉《ねえ》さんたちは、チューリップ姫《ひめ》がどうなったか、ちゃんと知《し》っているのよね！」

キルケは姉《あね》たちをなおも問《と》いつめました。するとルビーがしぶしぶ言《い》いました。

「じゃ、教《おし》えてあげる。アースラはチューリップ姫《ひめ》に、あるものを要求《ようきゅう》したの。あのお姫様《ひめさま》には当面《とうめん》、必要《ひつよう》がないものをね。」

「お願《ねが》いよ、姉《ねえ》さんたち。今《いま》すぐ、アースラと交渉《こうしょう》して！　アースラがチューリップ姫《ひめ》から何《なに》を取《と》り上《あ》げたか知《し》らないけど、それと引《ひ》き換《か》えに、何《なに》かあげるものを出《だ》して。今《いま》からわたしがそれを持《も》っていくから！」

「わかったわよ。だいじな妹《いもうと》の頼《たの》みならしかたない。そうしなさい。」

ルシンダがため息《いき》まじりにうなずきました。

「ありがとう！　姉《ねえ》さんたち。すぐに行《い》って、チューリップ姫《ひめ》のきれいな顔《かお》ときれいな声《こえ》を返《かえ》してもらってくるわ。アースラが失《うしな》ったものといえば、その二つだもの。」

「まあ、よく想像《そうぞう》がついたわね！　やっぱりあんたは自慢《じまん》の妹《いもうと》よ。たしかにアースラは何《なに》か、ちょっとした悪《わる》さをしてね、美《うつく》しい顔《かお》と声《こえ》を取《と》り上《あ》げられて、あの広《ひろ》い海《うみ》にまき散《ち》らされたのよ。気《き》の毒《どく》に……。」

マーサの言葉《ことば》に、キルケは眉《まゆ》を上《あ》げました。

「アースラがしたのは、ちょっとした悪《わる》さなんてものじゃないわよね！　それに姉《ねえ》さんたちは、魔女《まじょ》にならも、思《おも》いやりを見《み》せてあげるの？」

「まあまあ、キルケ。」

ルシンダが、のんびりキルケを止《と》めました。

「あんたとあたしたちじゃ意見《いけん》が分《わ》かれるかもしれないけどね。ともかく、あんたの頼《たの》みごとは聞《き》いてあげるわ。なんてったって、あんたはあたしたちのだいじな妹《いもうと》よ。あんたが、呪《のろ》いのことで、自分《じぶん》をそんなに責《せ》めるのは、見《み》ていられないもの。」

「そ。でもルシンダ。アースラに、あんまりいいものをあげないで。損《そん》しちゃう。」

マーサが言《い》うと、

「そうよ、そうよ！　こんなことしてたら、キルケはそのうち、あたしたちに家宝《かほう》をぜんぶ、吐《は》き出《だ》させるわ！　最初《さいしょ》はあの鏡《かがみ》、次《つぎ》には何《なに》かしら？　ぷん！」

ルビーも言《い》いました。ルシンダはいつになく落《お》ち着《つ》いた声《こえ》で二人《ふたり》をなだめました。

「心配《しんぱい》しないで。それほど価値《かち》があるものはわたさないから。」

そしてキルケのほうを向《む》くと、

「今《いま》すぐ、モーニングスター王国《おうこく》へ行《い》くんでしょ？」

と聞《き》きました。キルケは大《おお》きくうなずきました。

「ええ！　今《いま》すぐにでも。」

ルシンダは食器室《しょっきしつ》に行《い》くと、あれこれさがし回《まわ》った末《すえ》、ひもがついたベルベットの小袋《こぶくろ》を持《も》ってきました。

「アースラには今《いま》、連絡《れんらく》したわ。モーニングスター王国《おうこく》に行《い》ったら、がけからアースラを呼《よ》んで、これをわたしなさい。チューリップ姫《ひめ》の美貌《びぼう》と声《こえ》は必《かなら》ず取《と》り返《かえ》せる。」

キルケはにっこり笑《わら》うと、旅行《りょこう》の身支度《みじたく》を整《ととの》えました。そして、

「じゃ、姉《ねえ》さんたち、行《い》ってきます。すぐ帰《かえ》ってくるから、心配《しんぱい》しないでね。」

三人《にん》の愛《あい》する姉《あね》たちに向《む》かって、元気《げんき》に手《て》をふったのです。

19

森《もり》のオオカミ

野獣《やじゅう》は、西《にし》の塔《とう》のめったに足《あし》を踏《ふ》み入《い》れない部屋《へや》のゆかの上《うえ》で目《め》を覚《さ》ましました。

あたりは暗《くら》く、テーブルの上《うえ》にはガラスのケースに入《はい》った一輪《りん》のばらが、ピンク色《いろ》のやわらかな光《ひかり》を放《はな》っています。今《いま》からずっと前《まえ》、キルケと別《わか》れた晩《ばん》に、キルケからわたされたばらです。ドーム型《がた》のかわいいガラスのケースのなかで、ばらはしおれかけ、花《はな》びらはあと一枚《まい》。

野獣《やじゅう》はむっくり起《お》き上《あ》がり、ケースのなかのばらを、つくづくとながめました。

ベルから、いっしょにディナーの席《せき》に着《つ》くことを断《ことわ》られたときの怒《いか》りは、すでにおさまっていました。

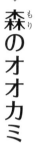

（いったい、あの娘《むすめ》が来《き》てからどれくらいたったのか？）

と野獣《やじゅう》は思《おも》いました。

（わたしは、いつかの晩《ばん》、ベルの父親《ちちおや》をとらえた。道《みち》に迷《まよ》い、助《たす》けをもとめてこの城《しろ》にやってきた老人《ろうじん》を。それからすぐ、ベルはこの城《しろ》に乗《の》りこんできて、ゆうかんにも父《ちち》の身代《みが》わりとしてこの城《しろ》に残《のこ》ると言《い》ったのだ。わたしはあの娘《むすめ》を地下牢《ちかろう》から移《うつ》し、部屋《へや》を与《あた》え、城《しろ》のなかを自由《じゆう》に歩《ある》かせることにした。あれは、いつのことだったのか。もう、はっきりとは、思《おも》い出《だ》せない……。）

そのとき、廊下《ろうか》で若《わか》い娘《むすめ》の声《こえ》がしました。ベルです。

（ベルが来《く》る！　西《にし》の塔《とう》は立《た》ち入《い》り禁止《きんし》だと言《い》っておいたはずなのに！）

ベルは、ネコのフランツェと話《はな》しながら、歩《ある》いているようです。

（なぜ女《おんな》どもはネコと話《はな》したがるのだ！）

野獣《やじゅう》は、苦々《にがにが》しく舌《した》うちをすると、ついたての後《うし》ろにかくれました。

ブルーのドレスを着《き》たベルが、部屋《へや》のなかに入《はい》ってきました！

野獣《やじゅう》は、ぎょっとしました。

ベルが魔法《まほう》のばらのほうへ歩《ある》いていき、ガラスのケースを持《も》ちあげたのです。

(大変《たいへん》だ！)

野獣《やじゅう》はあわてふためき、ベルに突進《とっしん》すると、ガラスのケースをベルの手《て》から取《と》り上《あ》げ、急《いそ》いでテーブルの上《うえ》にもどしました。

ありがたいことに、花《はな》びらは無事《ぶじ》です。

「西《にし》の塔《とう》には入《はい》るなと言《い》っているだろう！　出《で》て行《い》け！　出《で》て行《い》くのだ！」

野獣《やじゅう》はほっとし、ついでにベルを思《おも》い切《き》り、どなりつけました。

あまりの恐怖《きょうふ》にベルはこおりつき、次《つぎ》の瞬間《しゅんかん》野獣《やじゅう》に背《せ》を向《む》け、部屋《へや》を走《はし》り出《で》て――。

そのまま城《しろ》の門《もん》を出《で》て、森《もり》に向《む》かいます。

(あんな城《しろ》に閉《と》じこめられているのはたくさん！　家《いえ》に帰《かえ》ろう。きっとパパも理解《りかい》してくれるはずよ。もしあいつが追《お》いかけてきたら、パパと二人《ふたり》で立《た》ち向《む》かえばいいわ。)

ずんずん森《もり》のなかまで入《はい》っていくと、あたりは真《ま》っ暗《くら》になりました。森《もり》の奥《おく》には背《せ》の高《たか》い木々《きぎ》がびっしりと茂《しげ》って、月《つき》の光《ひかり》も差《さ》しません。木々《きぎ》の枝《えだ》は、首《くび》をしめようと伸《の》びてくる悪《わる》い魔女《まじょ》の手《て》のようです。遠《とお》くでけものの吠《ほ》え声《ごえ》が聞《き》こえました。

ベルは震《ふる》え上《あ》がりました。

ふたたび見張《みは》り役《やく》として差《さ》し向《む》けていたフランツェの瞳《ひとみ》を通《つう》じて、このようすを見《み》た三人《にん》の魔女《まじょ》たちは、大喜《おおよろこ》びです。

そこへ野獣《やじゅう》が走《はし》ってきました。逃《に》げ出《だ》したベルを、追《お》いかけてきたのです。

「この娘《むすめ》は、もうすぐ死《し》ぬ運命《うんめい》。そうしたら、呪《のろ》いを解《と》く手立《てだ》てはもうないわ！」

三人《にん》の魔女《まじょ》は、さかんにはやし立《た》てます。ベルを殺《ころ》し、野獣《やじゅう》を破滅《はめつ》させるつもりなのです。もしキルケがいたら、また口《くち》を出《だ》してくるにちがいありません。そのために、じゃまなキルケを、海《うみ》の魔女《まじょ》アースラのもとへやり、アースラには、キルケをできるだけ長《なが》く引《ひ》きとめるよう頼《たの》んだのでした。

ルシンダが、ベルトにつけた小《ちい》さなポーチを手《て》に持《も》ち、濃《こ》い紫色《むらさきいろ》の粉《こな》をだんろに投《な》げこみました。するとたちまち、炎《ほのお》のなかから恐《おそ》ろしい黒煙《こくえん》が上《あ》がり、いくつものオオカミの顔《かお》になりました。

「♪オオカミちゃんちゃん、森《もり》へ行《い》き、かわいいベルをかみ殺《ころ》せ。王子《おうじ》が泣《な》いて悪行《あくぎょう》を一生悔《いっしょうく》いて暮《く》らすように！」

ルシンダが歌《うた》いました。三人《にん》の魔女《まじょ》はけたけた笑《わら》い、ベルのもとへ向《む》かうオオカミの群《む》れを見《み》つめました。オオカミの群《む》れはベルを取《と》り囲《かこ》み、鋭《するど》い牙《きば》をむいて襲《おそ》いかかりました。一匹《ぴき》が、ベルのスカートを引《ひ》きさきます。ベルが悲鳴《ひめい》を上《あ》げました。

魔女《まじょ》たちはきゃっきゃっと声《こえ》を上《あ》げて笑《わら》い、こんどは三人《にん》で歌《うた》いだします。

「♪オオカミちゃんちゃん、森《もり》へ行《い》き……。」

ベルはまた悲鳴《ひめい》を上《あ》げ、なんでもいいから武器《ぶき》になるものはないかと、あたりを見《み》回《まわ》しました。でもあいにく、あたりには枯《か》れ枝《えだ》一本落《ぽんお》ちていません。

「♪オオカミちゃんちゃん、森《もり》へ行《い》き……。」

魔女《まじょ》たちは声《こえ》を合《あ》わせて、歌《うた》いつづけます。

（ああ！　もう一度《いちど》、パパの顔《かお》が見《み》たい。）

ベルがそう思《おも》ったとき、大木《たいぼく》のかげに野獣《やじゅう》が姿《すがた》を現《あらわ》しました。ライオンのような髪《かみ》、太《ふと》い尾《お》。見《み》るも恐《おそ》ろしい野獣《やじゅう》は鋭《するど》い歯《は》をむきだして、一声吠《ひとこえほ》えたけると、こちらへ突進《とっしん》してきます。ベルは震《ふる》え上《あ》がり、魔女《まじょ》たちの歌声《うたごえ》はさらに大《おお》きくなりました。

（わたしは死《し》ぬの。野獣《やじゅう》の餌食《えじき》になって死《し》ぬのよ！　ああ、パパ！　さようなら。）

ベルは覚悟《かくご》を決《き》めました。ところが野獣《やじゅう》はベルの横《よこ》をすり抜《ぬ》け、オオカミたちにとびかかると、あっというまにかみ殺《ころ》していったのです――一匹残《ぴきのこ》らず。ベルは恐《おそ》ろしさに目《め》を閉《と》じ、その場《ば》に立《た》ちすくむばかりでした。

やがてベルが恐《おそ》る恐《おそ》る目《め》を開《あ》けると、あたりは血《ち》の海《うみ》。かみ殺《ころ》されたオオカミたちの血《ち》まみれの毛皮《けがわ》と肉《にく》が転《ころ》がっています。一瞬《いっしゅん》で、オオカミの群《む》れを倒《たお》せるとは、どれほどどうもうな動物《どうぶつ》なのでしょう？　ベルはこわごわ野獣《やじゅう》をさがし、息《いき》をのみました。

自分《じぶん》の命《いのち》を救《すく》ってくれた野獣《やじゅう》が、目《め》の前《まえ》に横《よこ》たわっているのです。

大《おお》けがをして、息《いき》もたえだえになって――。

(まさか、あの野獣《やじゅう》がわたしを助《たす》けてくれた？)

三人《にん》の魔女《まじょ》たちは、顔《かお》を見合《みあ》わせました。

「あらぁ！　あたしたちの計画《けいかく》と違《ちが》うじゃない！」

マーサがさけぶと、

「あの野獣《やじゅう》が、どれほど野蛮《やばん》でどうもうなやつか、見《み》せたかったのにねえ。」

ルビーが肩《かた》をすぼめました。するとルシンダが、

「だいじょうぶよ。あの娘《むすめ》だってすぐ――。」

三人《にん》は口々《くちぐち》に言《い》い、ふいに口《くち》を閉《と》じました。そして不安《ふあん》そうに、もう一度《いちど》顔《かお》を見合《みあ》わせました。

ベルの顔《かお》には、野獣《やじゅう》への感謝《かんしゃ》と思《おも》いやりがあふれていたのです。

「大変《たいへん》！　すぐに次《つぎ》の手《て》を打《う》たなくちゃ。」

ルシンダが言《い》うと、マーサもうなずきました。

「さっそくフランツェに、ガストンを見張《みは》らせましょ。」

「それがいいわ、マーサ。ガストンって、たしかベルが好《す》きなのよね。」

ルビーがとびあがり、マーサがつづけました。

「そうそう！　ガストンは、ベルが好《す》きなの。だからかんたんにおびき寄《よ》せられるわよ！　おろかな男《おとこ》ねえ！」

「ガストンはぜったい、ベルを自分《じぶん》のものにしたいと思《おも》っているわ。そして野獣《やじゅう》と一騎打《いっきう》ちよ、きゃあ！　きゃっきゃっきゃ！」

ルビーがまたとびあがり、三人《にん》の魔女《まじょ》は輪《わ》になって踊《おど》りました。

20 思《おも》いがけない贈《おく》り物《もの》

数日後《すうじつご》。城《しろ》にもどっていたベルは、だんろの横《よこ》で考《かんが》えごとをしていました。

外《そと》は寒《さむ》すぎて、とても出《で》て行《い》く気《き》にはなれません。森《もり》でオオカミの群《む》れから救《すく》われて以来《いらい》、野獣《やじゅう》に対《たい》するベルの気持《きも》ちは、少《すこ》しずつやわらぎ始《はじ》めていました。

それでも、腹立《はらだ》たしいことや、わからないことは、まだたくさんあるのです。

たとえばあの日《ひ》、城《しろ》の西《にし》の塔《とう》で、わたしはただ、ケースに入《はい》ったばらを見《み》たかっただけなのに、野獣《やじゅう》はなぜあれほど激《はげ》しくどなったのか？

(もし、あのとき逃《に》げ出《だ》さなければ、野獣《やじゅう》に殺《ころ》されていたかもしれない。)

激怒《げきど》した野獣《やじゅう》の顔《かお》と声《こえ》が、ベルの脳裏《のうり》によみがえります。牙《きば》をむきだしたその顔《かお》が、森《もり》でオオカミの群《む》れに襲《おそ》いかかった野獣《やじゅう》の顔《かお》と重《かさ》なりました。

ベルは身震《みぶる》いし、また考《かんが》えに沈《しず》みました。大《おお》けがをした野獣《やじゅう》の手当《てあ》てをしたのは、果《は》たして正《ただ》しいことだったのか。いくら命《いのち》を助《たす》けてもらったとはいえ、あんな野蛮《やばん》で恐《おそ》ろしい野獣《やじゅう》を生《い》かしておいてよかったものか……。

いくら考《かんが》えても、答《こた》えは出《で》てきません。しかも、次々《つぎつぎ》と疑問《ぎもん》がわくばかり。

（考《かんが》える時間《じかん》がありすぎるわ。）

ベルは美《うつく》しい赤褐色《せっかっしょく》の豊《ゆた》かな髪《かみ》を、いらいらと、ふり立《た》てました。

家《いえ》にいれば父《ちち》の発明《はつめい》の手伝《てつだ》いをしたり、食事《しょくじ》を作《つく》ったりと、やることがたくさんあります。本《ほん》も読《よ》めるのです。そう、本《ほん》はベルの友《とも》だちでした。幼《おさな》いときからベルは、父《ちち》の本棚《ほんだな》にある物語《ものがたり》や科学《かがく》の本《ほん》をかたっぱしから読《よ》んで、知識《ちしき》をため、空想《くうそう》にふけるのが大好《だいす》きだったのです。村人《むらびと》たちはあきれ返《かえ》り、

「ベルは美人《びじん》だけど、本《ほん》の虫《むし》じゃねえ。嫁《よめ》にもらおうという男《おとこ》は出《で》てこないよ。」

「しかも、あの父親《ちちおや》だろ？」

とささやき合《あ》い、ベルをもっと娘《むすめ》らしく育《そだ》てなさいと、忠告《ちゅうこく》しました。けれども父《ちち》は、

「自分《じぶん》の思《おも》ったとおりに生《い》きなさい。それが幸《しあわ》せへの近道《ちかみち》じゃ。」

と、いつでもベルの味方《みかた》になって、励《はげ》ましてくれました。

「パパ！　わたしは一人《ひとり》ぼっちよ。パパに会《あ》いたい……。」

ベルはつぶやきました。部屋《へや》の入《い》り口《ぐち》では野獣《やじゅう》がそっと、ベルを見《み》つめていました。

(なんと難《むずか》しい顔《かお》をしているのだ。わたしの手当《てあ》てをしたことを、後悔《こうかい》しているのか……。)

野獣《やじゅう》はため息《いき》をつき、それもそうだろうと思《おも》い直《なお》しました。ベルは事情《じじょう》を知《し》らないにもかかわらず、たった一輪《りん》のばらに触《ふ》れただけで、あれほど凶暴《きょうぼう》な怒《いか》りを爆発《ばくはつ》させてしまったのです。オオカミの群《む》れさえ出《で》てこなければ、その巨体《きょたい》とかぎ爪《づめ》で、ベル

など一気《いっき》に殺《ころ》してしまえたでしょう。

（いや、このわたしに、そんなことができるはずもない。そんなことをしたら最後《さいご》、魔女《まじょ》どもの思《おも》うつぼだ。）

それに、ベルを殺《ころ》してしまったら、自分《じぶん》と城《しろ》にかけられた呪《のろ》いが解《と》ける日《ひ》は、永遠《えいえん》に来《こ》ないはず。そう思《おも》うと、野獣《やじゅう》は背筋《せすじ》がこおる思《おも》いでした。

ベルが城《しろ》にやってきたとき、野獣《やじゅう》はこれはチャンスかもしれないと思《おも》いました。とはいえ、ベルはけっして野獣《やじゅう》が好《この》むタイプの娘《むすめ》ではありません。それに、たとえこちらが好《す》きになっても、向《む》こうがどう思《おも》うかは、わかりません。しかも、今《いま》のおぞましいこの姿《すがた》では、どんな娘《むすめ》もふり向《む》いてはくれないでしょう。これこそキルケをふった罰《ばつ》だと、野獣《やじゅう》はやっと、思《おも》い知《し》りました。相手《あいて》を見《み》かけだけで判断《はんだん》し、ほんとうに愛《あい》するということを知《し》らなかった、おろかな自分《じぶん》への罰《ばつ》だと、野獣《やじゅう》はまた、ため息《いき》をつきました。

すると、ベルがなんと、こちらを見《み》て困《こま》ったようにほほえんだのです。

「ベル、いっしょに来《き》てくれるか？」

野獣《やじゅう》は緊張《きんちょう》した口調《くちょう》で、聞《き》きました。ベルは不審《ふしん》そうに眉《まゆ》を上《あ》げ、やがて、

「いいわ。」

とうなずきました。二人《ふたり》は城《しろ》の玄関《げんかん》を過《す》ぎ、ベルがまだ足《あし》を踏《ふ》み入《い》れたことのない廊《ろう》下《か》を歩《ある》きだしました。野獣《やじゅう》は、廊下《ろうか》の果《は》てのアーチ型《がた》のドアの前《まえ》で立《た》ち止《ど》まり、

「きみに見《み》せたいものがある。」

と、ドアの取《と》っ手《て》に、手《て》をかけました。ところが、ふいに不安《ふあん》になり、

「その前《まえ》に。目《め》を閉《と》じて。」

と言《い》いました。ベルはまた不審《ふしん》そうに野獣《やじゅう》を見《み》つめました。けれども、なんだか興味《きょうみ》をそそられたようです。それにさっきより緊張《きんちょう》がほぐれてきたようす。

「さあ、目《め》を閉《と》じて。きみが、びっくりする贈《おく》り物《もの》がある。」

ベルは目《め》を閉《と》じました。野獣《やじゅう》はベルのまぶたの上《うえ》で大《おお》きな手《て》を動《うご》かし、盗《ぬす》み見《み》をしていないことを確《たし》かめました。それからベルの両手《りょうて》を取《と》って、がらんと広《ひろ》い場所《ばしょ》に引《ひ》

き入《い》れました。

「くつの音《おと》がよくひびくわ。大聖堂《だいせいどう》……？　もう目《め》を開《あ》けていい？」

「いや、まだだ。そのまま。待《ま》っていて。」

野獣《やじゅう》はベルの手《て》を放《はな》しました。するとすぐ、ベルの耳《みみ》にひゅーという風音《かざおと》が聞《き》こえ、温《あたた》かな日差《ひざ》しが閉《と》じた目《め》の上《うえ》に当《あ》たりました。

「もう、いいかしら？」

ベルのじれったそうな声《こえ》を聞《き》くと、野獣《やじゅう》はなんだか楽《たの》しくなりました。そして何年《なんねん》かぶりに自分《じぶん》が笑顔《えがお》になっているのに気《き》づいたのです。

「どうぞ、もういいよ。」

野獣《やじゅう》の声《こえ》に、ベルは目《め》を開《あ》け、思《おも》わずとびあがりました。

「わあ！　本《ほん》がどっさり！　こんなにたくさんの本《ほん》を見《み》たのは、生《う》まれて初《はじ》めてよ！」

ベルのあまりにうれしそうな声《こえ》に、野獣《やじゅう》は目《め》を丸《まる》くしました。

「では、きみは――気《き》に入《い》ったんだな。」

「ええ、もちろんよ！　夢《ゆめ》のようだわ。」

「ならば、この部屋《へや》は、きみのものだ。」

野獣《やじゅう》は重々《おもおも》しく言《い》いながら、自分《じぶん》までうれしくなるのを感《かん》じていました。こんな気《き》持《も》ちは、生《う》まれて初《はじ》めてです。本《ほん》が好《す》きな娘《むすめ》なんて、今《いま》まで会《あ》ったことがありません。ベルのことをもっと知《し》りたいと、野獣《やじゅう》は心《こころ》の底《そこ》から思《おも》いはじめました。

21 恋《こい》の始《はじ》まり

三人《にん》の魔女《まじょ》はあわてふためきました。野獣《やじゅう》はともかく、美《うつく》しいベルまでが恐《おそ》ろしい野獣《やじゅう》に心《こころ》を引《ひ》かれだしたようす。しかも野獣《やじゅう》は真実《しんじつ》の愛《あい》を知《し》りそうです。

「これは大変《たいへん》！　なんとかしなくちゃ！」

ルシンダが目《め》をつりあげると、マーサとルビーが大《おお》きくうなずきます。

三人《にん》は、さっそく部屋《へや》の鏡《かがみ》で毎日《まいにち》、ベルと野獣《やじゅう》を見張《みは》ることにしました。

「見《み》てよ、あの二人《ふたり》。仲良《なかよ》くおしゃべりしてるわ！」

「雪合戦《ゆきがっせん》に――こんどはソリ遊《あそ》び？　楽《たの》しそうじゃないの！」

「あらまあ！　熱《あつ》い目《め》で見《み》つめ合《あ》っちゃって！　おお！　いやらしい！」

こうして三日《みっか》もすると、どこから見《み》ても、ベルと野獣《やじゅう》が恋《こい》をしていることが、はっきりしてきました。しかも、家具《かぐ》や調度《ちょうど》や食器《しょっき》にされた使用人《しようにん》たちが、大喜《おおよろこ》びで、恋《こい》する二人《ふたり》を応援《おうえん》しているのです。

コグスワースは時計《とけい》となって時《とき》を知《し》らせ、燭台《しょくだい》になったルミエールは、二人《ふたり》が歩《ある》く道《みち》を照《て》らします。ポットになったポット夫人《ふじん》は、いそいそと二人《ふたり》にお茶《ちゃ》を注《そそ》ぎます。

野獣《やじゅう》にはわかりませんが、ベルにはちゃんとわかり、すっかり使用人《しようにん》たち全員《ぜんいん》と仲良《なかよ》しになっているのです。

「んもお！　まったくう！」

三人《にん》の魔女《まじょ》がいっせいにため息《いき》をついたとき、だんろがある部屋《へや》のドアが開《ひら》きました。キルケが帰《かえ》ってきたのです。

「あら！　お帰《かえ》り、キルケ。」

三人《にん》の姉《あね》たちは声《こえ》を合《あ》わせて、さけびました。

キルケは目《め》を丸《まる》くしました。

「姉《ねえ》さんたち、その格好《かっこう》は、どうしたの？　髪《かみ》は鳥《とり》の巣《す》みたい。ドレスは灰《はい》だらけ。それに、そのオレンジ色《いろ》の粉《こな》は？」

三人《にん》は思《おも》わずお互《たが》いを見《み》つめました。

「わかった！　また魔法《まほう》を使《つか》って悪《わる》さをしたのね？　こんどは何《なに》？」

キルケは三人《にん》の姉《あね》を次々《つぎつぎ》に見《み》ていきました。

「まあまあ、キルケ。それよりアースラとの交渉《こうしょう》は、どうだった？」

ルビーがあわてて聞《き》きました。

「うまくいったわ！　ありがとう。姉《ねえ》さんたちによろしくって！　アースラって面白《おもしろ》い人《ひと》ねえ！　わたし、大好《だいす》きになっちゃった。」

キルケはにっこりほほえむと、

「でも姉《ねえ》さんたち、どんな悪《わる》さをしてたの？　教《おし》えてよ。」

と、むじゃきに、もう一度《いちど》聞《き》きました。

するとルシンダが、スカートのポケットからネックレスを一本《ぽん》取《と》り出《だ》し、

「片《かた》づけていたら見《み》つけたの。あんたに似合《にあ》うんじゃない？」

キルケに見《み》せました。マーサとルビーも横《よこ》でニコニコうなずきます。

銀《ぎん》の鎖《くさり》にピンクの石《いし》が編《あ》みこまれた、それはかわいいネックレスです。

「ほらほら、着《つ》けてみて！」

「ルシンダ、早《はや》く！」

マーサとルビーが次々《つぎつぎ》に言《い》うと、ルシンダがキルケの後《うし》ろに回《まわ》り、ネックレスの留《と》め金《がね》をかけました。

「さあ、これでいい！」

とたんにキルケは、待《ま》ち構《かま》えていた姉《あね》たちの腕《うで》に倒《たお》れかかりました。

「うまくいったわね！」「お休《やす》み、キルケ。」「ごゆっくり。」

三人《にん》の魔女《まじょ》は口々《くちぐち》に言《い》うとキルケを寝室《しんしつ》に運《はこ》び、ベッドにそっと寝《ね》かせました。

キルケはたちまち、すやすやと安《やす》らかな寝息《ねいき》を立《た》てだしました。

「ぜんぶ片《かた》づいたら、起《お》こしてあげる。」

ルシンダが、やさしくささやきました。

「あたしたちが、あんたの代《か》わりに、失恋《しつれん》のかたきをとってあげる。」

「あたしたちのだいじな妹《いもうと》をふったなんて、許《ゆる》せない！」

ルビーとマーサがつづけます。

「しいぃ！　キルケが起《お》きちゃうわ。」

ルシンダが心配《しんぱい》そうに注意《ちゅうい》しました。

「だいじょうぶよ、ルシンダ。」

「あのネックレスをはずすまで、キルケはぜったい目《め》を覚《さ》まさないんでしょ！」

マーサとルビーが手《て》を取《と》り合《あ》って踊《おど》りだしました。

「そっ！　これはぜ〜んぶ、キルケのため！」

22

魔法《まほう》の鏡《かがみ》

三人《にん》の魔女《まじょ》は恐《おそ》れていました。鏡《かがみ》をのぞくたびに出《で》くわす、ベルと野獣《やじゅう》の楽《たの》しげな笑《わら》い声《ごえ》。見《み》つめ合《あ》う目《め》と目《め》。これは間違《まちが》いなく、本物《ほんもの》の恋《こい》です。二人《ふたり》がいつキスに踏《ふ》み切《き》るかわかりません。いったんキスしてしまえば、その場《ば》で呪《のろ》いは解《と》けるのです。

そんなことをさせるものか。今《いま》のうちに、さっさと二人《ふたり》を引《ひ》き離《はな》さねば！

三人《にん》の魔女《まじょ》は、ふたたびだんろの前《まえ》に集《あつ》まりました。テーブルの上《うえ》には水《みず》をタップリ張《は》った銀《ぎん》の鉢《はち》。この水《みず》に、ベルと野獣《やじゅう》を映《うつ》し、それを通《とお》して呪文《じゅもん》をとどけるのです。

ルシンダが、こんどは、なんだかひどいにおいのする銀色《ぎんいろ》の粉《こな》をだんろに投《な》げこみ、

「ベルに父親《ちちおや》を恋《こい》しがらせよ〜！　ベルにもっとも恐《おそ》ろしい光景《こうけい》を見《み》せてやれ〜！」

とさけびました。三人《にん》の魔女《まじょ》たちは、燃《も》え上《あ》がるだんろの炎《ほのお》の前《まえ》で、ルシンダの呪文《じゅもん》をなんどもなんども繰《く》り返《かえ》します。呪文《じゅもん》は風《かぜ》に乗《の》り、野獣《やじゅう》の城《しろ》にとどきました。そして、月明《つきあ》かりのもとで手《て》を取《と》り合《あ》っているベルと野獣《やじゅう》に不吉《ふきつ》な影《かげ》を投《な》げかけました。

三人《にん》の魔女《まじょ》たちは、水《みず》に映《うつ》る二人《ふたり》をじっと見《み》つめました。

野獣《やじゅう》が、かぎ爪《づめ》のある大《おお》きな手《て》で、ベルの小《ちい》さな両手《りょうて》を包《つつ》み、

「ベル。きみはわたしとここにいて幸《しあわ》せか？」

と聞《き》きました。

「ええ……もちろんよ。」

ベルはうなずくと、うつむきました。野獣《やじゅう》はぎょっとしました。

「どうした？　何《なに》か心配《しんぱい》ごとがあるのかな？」

ベルはおずおずと答《こた》えました。

「父《ちち》が心配《しんぱい》なの。もう一度《いちど》だけ、父《ちち》の顔《かお》が見《み》たいわ。」

三人《にん》の魔女《まじょ》は息《いき》をつめて、二人《ふたり》のようすを見《み》ています。

「あ！　あいつ、ベルを西《にし》の塔《とう》へ連《つ》れていくわ！」

ルビーが、ささやきました。

「鏡《かがみ》を使《つか》わせるのよ！　魔法《まほう》の鏡《かがみ》を！　キルケがあげたあの鏡《かがみ》をねえ！」

マーサがさけびました。

「二人《ふたり》とも静《しず》かにして。やつがベルに鏡《かがみ》を見《み》せるわよ。」

ルシンダがにんまり笑《わら》って言《い》いました。今《いま》や三人《にん》の目《め》はくぎづけです。

「――野獣《やじゅう》が何《なに》か言《い》うわよ！」

マーサがさけびました。次《つぎ》の瞬間《しゅんかん》、野獣《やじゅう》の言葉《ことば》が聞《き》こえました。

「この鏡《かがみ》は魔法《まほう》の鏡《かがみ》なんだ。きみが見《み》たいものを何《なん》でも映《うつ》してくれる。」

魔女《まじょ》たちは、口《くち》を押《お》さえて、くくくと満足《まんぞく》そうに笑《わら》います。

「受《う》け取《と》れ、鏡《かがみ》を。早《はや》く取《と》れ取《と》れ――あ、ベルが鏡《かがみ》を受《う》け取《と》った！」

ルシンダがさけびました。同時《どうじ》にベルが、鏡《かがみ》に向《む》かって言《い》いました。

「父《ちち》を見《み》せて、お願《ねが》い！」

「ベルに父親《ちちおや》を恋《こい》しがらせよ〜！　ベルにもっとも恐《おそ》ろしい光景《こうけい》を見《み》せてやれ〜！」

風《かぜ》は魔女《まじょ》たちの呪《のろ》いの言葉《ことば》を、ベルの父《ちち》のもとへ運《はこ》んでいきました。

魔法《まほう》の鏡《かがみ》に映《うつ》った光景《こうけい》を見《み》たとたん、ベルは悲鳴《ひめい》を上《あ》げました。

「ああ、なんてこと！　パパが病気《びょうき》だわ！　一人《ひとり》ぼっちで！」

「やったね！　きゃっきゃっきゃっ！」

興奮《こうふん》したルビーが鉢《はち》をひっくり返《かえ》しました。魔女《まじょ》の館《やかた》のゆかは水《みず》びたし。もうベルも野獣《やじゅう》も見《み》えません。そして呪文《じゅもん》ももう、とどきません。

「水《みず》を入《い》れてくるわ！」

マーサが鉢《はち》をかかえて井戸《いど》に向《む》かい、ルシンダとルビーはゆかをふき始《はじ》めます。

「さあ、これでまた、見《み》えるようになった。」

マーサが鉢《はち》を持《も》ってもどってくると、最初《さいしょ》に鉢《はち》をのぞきこみ、

「みんな見《み》て。ベルが城《しろ》を出《で》て行《い》く！　父親《ちちおや》に会《あ》いに行《い》く！」

とさけびました。

「野獣《やじゅう》はベルを解放《かいほう》したの？　あの鏡《かがみ》を持《も》たせて？　そんなの、まずいじゃない！

あたしたち、野獣《やじゅう》をまだ完全《かんぜん》にやっつけてないのにぃ！」

真《ま》っ黒《くろ》な涙《なみだ》を流《なが》しながら、おいおい泣《な》きだしました。

「心配《しんぱい》しないで。まだ別《べつ》の手《て》があるわ。」

ルシンダの言葉《ことば》に、ルビーは少《すこ》し考《かんが》え、にやりと笑《わら》いました。

「あ、そうか！」

「〝ガ〟のつく名前《なまえ》の誰《だれ》かさんを使《つか》うのよね。そうでしょ、ルシンダ？」

マーサがふふふと笑《わら》い、ルシンダは大《おお》きくうなずきました。

三人《にん》の魔女《まじょ》の不気味《ぶきみ》な笑《わら》いが部屋《へや》いっぱいにひろがりました。

23 魔女《まじょ》たちの計略《けいりゃく》

ガストンは、村《むら》はずれの大《おお》きな屋敷《やしき》の広間《ひろま》に、どっかとすわっていました。

数年前《すうねんまえ》まで王子《おうじ》の親友《しんゆう》だったことも、森《もり》に城《しろ》があったことさえも、今《いま》は記憶《きおく》にありません。

魔女《まじょ》たちは春《はる》の森《もり》で、野獣《やじゅう》と化《か》した王子《おうじ》にガストンを襲《おそ》わせ、ガストンから王子《おうじ》と城《しろ》の記憶《きおく》をすべて奪《うば》い去《さ》りました。同時《どうじ》に村人《むらびと》たちの頭《あたま》からも、城《しろ》の記憶《きおく》をぜんぶ消《け》してしまったのです。

今《いま》やガストンは、みえっぱりでうぬぼれやの乱暴者《らんぼうもの》に成《な》り果《は》てていました。

三人《にん》の魔女《まじょ》は、そんなガストンを、何《なに》かというと、悪事《あくじ》に利用《りよう》しているのです。

「このワル魔女《まじょ》どもめ！　また来《き》たのか？　こんどは何《なん》の用《よう》だ！」

ガストンは三人《にん》の魔女《まじょ》をにらみつけました。

「あらま、あたしたち今夜《こんや》は、あんたが喜《よろこ》びそうなニュースを、もってきたのよ。」

ルシンダがなだめるように言《い》いました。ガストンはまたわめきました。

「このあいだ、あの妙《みょう》ちくりんなネコを送《おく》りこんできたのも、おまえたちだな。おれを見張《みは》らせてどうするつもりだ！」

「あらぁ。フランツェは、あんたを見張《みは》ってたんじゃないわ。報告《ほうこく》にきたのよ。」

マーサがわざと甘《あま》ったるい声《こえ》で言《い》いました。

「報告《ほうこく》？　このおれ様《さま》に、ネコが報告《ほうこく》？　ネコが何《なに》を？」

ガストンはがなり立《た》てました。マーサがうんざりした声《こえ》で言《い》いました。

「あの子《こ》は、ベルをさがしだしたの。それを報告《ほうこく》にきたのに、あんたはわからなかったのねえ。ベルは今《いま》、自分《じぶん》の家《いえ》に帰《かえ》ってくるとちゅうよ。愛《あい》するパパのもとに。」

「なんだと？　もう一度《いちど》言《い》ってくれ！　ベルを見《み》つけた？　ベルが帰《かえ》ってくる？」

ガストンは、目《め》をぎらぎらさせました。ルシンダはにっこり笑《わら》いました。

「ええ、そのとおりよ。あんた、あの娘《むすめ》と結婚《けっこん》したいんでしょ？　ガストン。」

「ああ！　いや、ばか言《い》うな！　おれ様《さま》が結婚《けっこん》してやるんだ！」

「でもベルは何《なん》て言《い》うかしらねえ？　あの娘《むすめ》って変《か》わってるし……。」

ルビーが顔《かお》をしかめてみせると、ガストンは急《きゅう》に心配《しんぱい》そうな顔《かお》になりました。

「もし断《ことわ》られたら、あんた、村《むら》じゅうの笑《わら》いものよ。」

マーサが大《おお》まじめな顔《かお》で言《い》い、ルシンダがやさしそうな顔《かお》で、つづけました。

「そういうときはね、ぜったい断《ことわ》られない方法《ほうほう》を考《かんが》えておくべきなの。」

「そんな方法《ほうほう》があるのかよ？」

ガストンが上目《うわめ》づかいに聞《き》きました。

「もちろんよ、ガストン。あの娘《むすめ》の弱《よわ》みをにぎればいいの。」

「ベルの弱《よわ》みは愛《あい》するパパよ！　パパをしっかり使《つか》いなさい！」

三人《にん》の魔女《まじょ》はきゃっきゃっと笑《わら》って、ゆかを踏《ふ》み鳴《な》らしました。

24 誤解《ごかい》

魔女《まじょ》たちはガストンに、もしベルに結婚《けっこん》を断《ことわ》られたくなければ、ベルの弱《よわ》みを握《にぎ》れと言《い》い、ベルの弱《よわ》みは父親《ちちおや》だと教《おし》えこみました。それからルシンダが、

「ねえ、ガストン。ベルの父親《ちちおや》は変人《へんじん》だって噂《うわさ》よね。それはほんとう？」

と、さりげなく聞《き》きました。ガストンは眉《まゆ》をひそめて答《こた》えました。

「ほんとうだ。しかも最近《さいきん》じゃ、変人《へんじん》どころか頭《あたま》のねじが飛《と》びかけてるよ。発明大会《はつめいたいかい》に行《い》くとちゅうで野獣《やじゅう》につかまってベルが人質《ひとじち》にされた、ベルを返《かえ》せと、ベッドのなかで泣《な》きっぱなしだぜ。」

そのとたん、

「〝野獣《やじゅう》〟につかまった？　野獣《やじゅう》に？　そりゃやっぱり、まともじゃないわ。」

「そんな人《ひと》は、病院《びょういん》に入《はい》って治《なお》さなくちゃねえ。」

ルビーとマーサが待《ま》っていたように、言《い》いました。ガストンは眉《まゆ》をひそめ、

「まあな。でもベルが帰《かえ》ってきたら、ただの変人《へんじん》にもどるさ。入院《にゅういん》なんて――。」

「それが〝作戦《さくせん》〟なんだってば！　あんた、ほんとに、ばかなのねえ！　ガストン。」

ルビーがいらいらと頭《あたま》をふり、ルシンダが魔法《まほう》で一人《ひとり》の奇妙《きみょう》な男《おとこ》を呼《よ》び寄《よ》せました。

「こちら、ムッシュー・ダルク。病院《びょういん》の院長先生《いんちょうせんせい》よ。明日《あした》の晩《ばん》、あんたは村人《むらびと》とこの先生《せんせい》を連《つ》れて、ベルの家《いえ》に行《い》くの。そして村人《むらびと》たちに、ベルの父親《ちちおや》はおかしくなった、この先生《せんせい》の病院《びょういん》に入院《にゅういん》させろ、と騒《さわ》がせるのよ。」

そこまで言《い》うと、こんどはマーサが、

「そしたら、あんたは、大声《おおごえ》で反対《はんたい》する。自分《じぶん》がベルと結婚《けっこん》して、お父《とう》さんを世話《せわ》するからってね。ベルは大感激《だいかんげき》して、すぐにもあんたと結婚《けっこん》するわ。わかった？　まぬ

け。」

一気《いっき》に言《い》って、けたけた笑《わら》いました。

「うう！　やったぜ。」

ガストンはこぶしを突《つ》き出《だ》し、ダルク院長《いんちょう》の手《て》をぎゅっとにぎりしめました。小男《こおとこ》のダルクはぎゃっとさけんで、とびすさり、三人《にん》の魔女《まじょ》は大声《おおごえ》で笑《わら》いだしました。

翌日《よくじつ》の晩《ばん》、ガストンは魔女《まじょ》たちに言《い》われたとおり、村《むら》の仲間《なかま》とダルクを連《つ》れて、ベル親子《おやこ》の家《いえ》に向《む》かいました。

「はい、どなたです？」

ノックにこたえてドアを開《あ》けたベルはびっくりしました。家《いえ》の前《まえ》は、押《お》すな押《お》すなの人《ひと》だかり。おおぜいの村人《むらびと》が、

「ベルの父親《ちちおや》を、今《いま》すぐ入院《にゅういん》させろ。」

「野獣《やじゅう》につかまっただと？　野獣《やじゅう》なんて、いるものか！」

と、わめき立《た》てています。

「ほんとうだよ！　見《み》たんだよ！　わしは！」

ベルの父《ちち》は大声《おおごえ》で騒《さわ》ぎ立《た》て、ガストンの出番《でばん》どころではありません。

「待《ま》って！　父《ちち》の言《い》っていることはほんとうよ！　それに、野獣《やじゅう》はとてもやさしいのよ。」

ベルの訴《うった》えもむなしく、ベルの父《ちち》はあっというまに、待《ま》っていたダルク病院《びょういん》の馬車《ばしゃ》に乗《の》せられてしまいました。

同《おな》じころ魔女《まじょ》の館《やかた》では、三人《にん》の魔女《まじょ》が野獣《やじゅう》の心《こころ》に呼《よ》びかけていました。

「ほおら！　こっちをお向《む》きよ、野獣《やじゅう》。あたしたちが見《み》ているのと同《おな》じものが見《み》えるよ。ベルの本心《ほんしん》が！」

ルビーが、突《つ》き刺《さ》すように言《い》うと、

「ばかな！　ベルがわたしを裏切《うらぎ》るものか！」

野獣《やじゅう》は激《はげ》しく言《い》い返《かえ》しました。するとマーサが、

「裏切《うらぎ》るも何《なに》も！　ベルは最初《さいしょ》から、あんたなんか愛《あい》していなかったんだよ！」

野《や》獣《じゅう》の言葉《ことば》を、大声《おおごえ》で笑《わら》い飛《と》ばしました。

「愛《あい》してるふりをして、逃《に》げ出《だ》す機会《きかい》を狙《ねら》ってただけ！」

ルシンダも、冷《つめ》たく言《い》い放《はな》ちます。そして三人《にん》は、

「あんたみたいなみにくい野《や》獣《じゅう》を、相手《あいて》にしてくれる娘《むすめ》がいるものか！」

声《こえ》を合《あ》わせてさけびました。

「うそだ！　ベルは、わたしを愛《あい》している！　わたしたちは愛《あい》し合《あ》っている！」

野《や》獣《じゅう》のうなり声《ごえ》に、あたりの空気《くうき》が激《はげ》しく震《ふる》え、シャンデリアが落《お》ちてとびちりました。けれども魔女《まじょ》たちは引《ひ》きさがりません。

「へええ、そうなの！　だったら、これを見《み》てごらん。」

ルシンダが、野《や》獣《じゅう》の脳裏《のうり》に、一枚《まい》の映像《えいぞう》を映《うつ》し出《だ》しました。

ベルがおおぜいの村人《むらびと》の前《まえ》に立《た》ち、魔法《まほう》の鏡《かがみ》を見《み》せて、何《なに》かをさけんでいます。鏡《かがみ》には野《や》獣《じゅう》の顔《かお》が映《うつ》っていました——みにくく、恐怖《きょうふ》に満《み》ちた顔《かお》が。

「これでわかっただろう！　ベルは、おまえを裏切《うらぎ》ったのさ！」

マーサは内心《ないしん》、やったわ、だましてやった、と手《て》をたたきながら、言《い》い放《はな》ちました。

三人《にん》の魔女《まじょ》の勝《か》ち誇《ほこ》った笑《わら》い声《ごえ》が、野獣《やじゅう》の耳《みみ》にひびきわたります。

「ベルは、あんたを愛《あい》してなんかいなかった！」

「ベルが愛《あい》しているのは、ガストンよ！」

「二人《ふたり》は結婚《けっこん》するわ！　ガストンがあんたを殺《ころ》したらすぐにねえ。」

野獣《やじゅう》はうちひしがれ、三人《にん》の魔女《まじょ》たちに向《む》かって、しぼりだすように言《い》いました。

「これで気《き》がすんだだろう。お願《ねが》いだ、もう消《き》えてくれ。わたしはキルケを、おまえたちのだいじな妹《いもうと》キルケを傷《きず》つけた。その罰《ばつ》はあまんじて受《う》ける。だから頼《たの》む。しばらく、わたしを一人《ひとり》にしてくれ。」

「いいわよ、一人《ひとり》にしてやる！　その姿《すがた》で、一生《いっしょう》、一人《ひとり》でいるがいい！」

ルシンダのあざけるような声《こえ》とともに、三人《にん》の魔女《まじょ》は、野獣《やじゅう》の頭《あたま》のなかから消《き》え去《さ》りました。三人分《にんぶん》の、笑《わら》い声《ごえ》だけを残《のこ》して。

25 一《いっ》騎《き》打《う》ち

緑《みどり》の壁《かべ》に黒《くろ》いよろい戸《ど》、とんがりぼうし型《がた》の屋根《やね》。

魔女《まじょ》の館《やかた》が、群青色《ぐんじょういろ》の夕空《ゆうぞら》に、くっきり浮《う》かび上《あ》がっています。

館《やかた》の一室《いっしつ》では三人《にん》の魔女《まじょ》が、いくつもの魔法《まほう》の鏡《かがみ》に映《うつ》る野獣《やじゅう》を見《み》て、きゃあきゃあ笑《わら》い合《あ》っていました。

「くくく、あいつ、あんなにしょんぼりしちゃってさ！」

「ああ、いい気味《きみ》！」

「失恋《しつれん》のつらさが、やっとわかったってわけ！」

三人《にん》の魔女《まじょ》は、声《こえ》を合《あ》わせて笑《わら》いました。

そのとき一枚《まい》の鏡《かがみ》に、おおぜいの男《おとこ》たちが、切《き》り倒《たお》した大木《たいぼく》をかついで、城《しろ》の坂《さか》をかけのぼってくるのが映《うつ》りました。ガストンと村人《むらびと》の一団《いちだん》です。彼《かれ》らは城《しろ》の扉《とびら》になんども大木《たいぼく》をぶつけ、ついに扉《とびら》を打《う》ち破《やぶ》りました。

「やったあ！　さあ行《い》け！　一気《いっき》に野獣《やじゅう》を殺《ころ》しちゃえ！」

ルビーがマーサの手《て》をとって、とびあがったとたん、

「ちょっとぉ！　まずいわ、まずいわ、まずいわよ！」

ルシンダが、ただでさえ白《しろ》い顔《かお》をさらに真《ま》っ白《しろ》にして悲鳴《ひめい》を上《あ》げました。家具《かぐ》や調《ちょう》度《ど》にされている使用人《しようにん》たちが、主人《しゅじん》を守《まも》ろうと立《た》ち上《あ》がったのです。燭台《しょくだい》は廊下《ろうか》をとびまわり、時計《とけい》はふりこを落《お》とし、たんすはのしかかって、何人《なんにん》をも押《お》しつぶし

――。屈強《くっきょう》な男《おとこ》たちが次々《つぎつぎ》と倒《たお》れて、動《うご》かなくなると、ティーカップが一つとんできて、うれしそうにひらひら舞《ま》いながら、調理場《ちょうりば》へとびこんでいきました。

次《つぎ》の瞬間《しゅんかん》、鏡《かがみ》のなかにガストンの姿《すがた》が見《み》えました。ガストンはナイフを手《て》に、倒《たお》れた男《おとこ》たちをけとばして、どかどかと走《はし》っていきます。

「見《み》て！　ガストンが、野獣《やじゅう》をさがしているわよ。」

ルビーの声《こえ》に、マーサとルシンダも鏡《かがみ》の前《まえ》にかけより、三人《にん》で歌《うた》い始《はじ》めました。

「♪野獣《やじゅう》を倒《たお》せ！　息《いき》の根《ね》とめろ！　ガストンがんばれ！　やっちまえ！」

ガストンは塔《とう》のせまい階段《かいだん》をかけのぼり、野獣《やじゅう》の部屋《へや》へとびこむと、

「この怪物《かいぶつ》め！　覚悟《かくご》しろ。」

一声《ひとこえ》わめいて襲《おそ》いかかりました。二人《ふたり》とも、かつて親友同士《しんゆうどうし》だったことなど、まったく忘《わす》れています。ガストンは野獣《やじゅう》の太《ふと》い首《くび》にくらいつくと、ナイフをふりあげました。けれども野獣《やじゅう》は、横《よこ》になったまま抵抗《ていこう》すらしません。

「もう少《すこ》しよ！　ガストン！　楽勝《らくしょう》、楽勝《らくしょう》！　野獣《やじゅう》をやっちまえ！」

魔女《まじょ》たちは大喜《おおよろこ》びでとびはねます。ところがそのとき、野獣《やじゅう》のようすが一変《いっぺん》しました。野獣《やじゅう》はふいに起《お》き上《あ》がり、ガストンをふりはらったのです。

「ちょっと、どうしたのよ？」

魔法《まほう》の鏡《かがみ》をのぞきこみ、三人《にん》はあっとさけび声《ごえ》を上《あ》げました。

「ベルよ！　ベルが来《き》ちゃったわ！　城《しろ》の玄関《げんかん》に！」

「なんで、ベルがしゃしゃり出《で》てくるの！」

「まったく、殺《ころ》しておけばよかったわよね、あのおてんば娘《むすめ》！」

ルビーとマーサとルシンダは肩《かた》を落《お》として、顔《かお》を見合《みあ》わせます。

そのあいだにも、野獣《やじゅう》はガストンをねじふせ、大《おお》きな前足《まえあし》でたたきのめすと、首《くび》をつかんで引《ひ》きずりながら、塔《とう》の屋上《おくじょう》につづく階段《かいだん》をずんずん、上《のぼ》り始《はじ》めました。

「大変《たいへん》だわ！　野獣《やじゅう》がガストンを屋上《おくじょう》の端《はし》から放《ほう》り投《な》げそうよ！」

マーサが悲鳴《ひめい》を上《あ》げると、ルシンダが急《いそ》いで言《い》いました。

「ルビー、銀《ぎん》の鉢《はち》に水《みず》を！　マーサは卵《たまご》をお願《ねが》い！　あたしは油《あぶら》と薬草《やくそう》を取《と》ってくる。」

まもなく、ルビーが水《みず》を張《は》った銀《ぎん》の鉢《はち》をテーブルの上《うえ》に置《お》くと、ルシンダが油《あぶら》と薬《やく》草《そう》を投《な》げ入《い》れ、マーサが卵《たまご》を浮《う》かべました。

「さあ、これで野獣《やじゅう》に、子《こ》ども時代《じだい》の記憶《きおく》を思《おも》い出《だ》させるの。」

「で、呪文《じゅもん》は？　ルシンダ。」

「えーと、そう――リベラリボラ、思《おも》い出《だ》せ！　野獣《やじゅう》よ！」

ルシンダは目《め》をつりあげ、ぷかぷか浮《う》いている卵《たまご》に向《む》かってつづけました。

「思《おも》い出《だ》せ、幼《おさな》き日《ひ》、おまえが誰《だれ》に命《いのち》を救《すく》われたかを――ドラゴンたいじごっこの末《すえ》に、まさしくこの同《おな》じ塔《とう》から落《お》ちかけたおまえに――自分《じぶん》の命《いのち》もかえりみず、手《て》を差《さ》し伸《の》べて救《すく》ったのは――誰《だれ》だ？　リベラリボラ――思《おも》い出《だ》せ――王子《おうじ》よ。」

やがて、ルビーがすぐそばの鏡《かがみ》を見《み》て、あっと小《ちい》さな声《こえ》を上《あ》げました。

「見《み》てよ！　呪文《じゅもん》が効《き》いた！　野獣《やじゅう》がガストンを放《はな》したわ！」

野獣《やじゅう》は気絶《きぜつ》したガストンをくわえて、屋上《おくじょう》の入《い》り口《ぐち》のほうへ歩《ある》きだそうとしました。そのときガストンが急《きゅう》に目《め》を開《あ》け、そっとポケットに手《て》を入《い》れました。同時《どうじ》に、

「ああ！　野獣《やじゅう》！　わたしの愛《いと》しい野獣《やじゅう》！」

ベルが屋上《おくじょう》の入《い》り口《ぐち》からとびだしてきたのです。野獣《やじゅう》はガストンを放《ほう》り出《だ》して、ベルに向《む》かって大《おお》きく腕《うで》を広《ひろ》げました。

「きゃあ、だめ！」

「キスしちゃだめえ！」

マーサとルビーが地団駄《じだんだ》を踏《ふ》んでわめき、ルシンダがもう一度《いちど》別《べつ》の呪文《じゅもん》をとなえようとしたとき、とんでもないことが起《お》こりました。

ガストンが、手《て》にしたナイフを野獣《やじゅう》のわき腹《ばら》に、ぐっと突《つ》き立《た》てたのです。

「きゃあ！　やった、やった。」

三人《にん》の魔女《まじょ》の歓声《かんせい》は、たちまち恐怖《きょうふ》の悲鳴《ひめい》に変《か》わりました。ガストンが勢《いきお》い余《あま》って足《あし》を踏《ふ》みはずし、塔《とう》の上《うえ》から吸《す》いこまれるように地上《ちじょう》へ落《お》ちていったのです。

「ま、しかたないわね。」

魔女《まじょ》たちは口々《くちぐち》に冷《つめ》たく言《い》うと、鏡《かがみ》のなかの、ベルと野獣《やじゅう》を見《み》つめました。

野獣《やじゅう》は死《し》にかけています。愛《あい》するベルの腕《うで》のなかで、力《ちから》つきて——。

「キルケを起《お》こして！　あの子《こ》にこれを見《み》せてやらなくちゃ！」

とマーサが言《い》いました。

26 キルケ

三人《にん》の魔女《まじょ》はキルケの寝室《しんしつ》に入《はい》り、すやすや眠《ねむ》るキルケを見《み》つめました。

ルシンダがキルケの首《くび》から、ネックレスをそっとはずしました。

キルケが目《め》を開《あ》け、まばたきしました。

「キルケ、あんたに見《み》せたいものがあるの。さあ、いらっしゃい。」

ルシンダはキルケの手《て》を引《ひ》いて、鏡《かがみ》が並《なら》ぶ部屋《へや》に連《つ》れていきました。

鏡《かがみ》には、無数《むすう》のろうそくが白《しろ》い炎《ほのお》をゆらしながら映《うつ》っています。

一番大《いちばんおお》きな鏡《かがみ》のなかに、横《よこ》たわる野獣《やじゅう》が映《うつ》っていました。

「これ、どういうこと？　彼《かれ》は死《し》んだの？」

キルケはぎょっとして鏡《かがみ》の前《まえ》にかけよると、姉《あね》たちを見《み》つめて聞《き》きました。

三人《にん》の姉《あね》たちは、キルケを見《み》つめて、うれしそうにうなずきました。

「姉《ねえ》さんたちがやったのね！　そうなんでしょ？」

キルケは美《うつく》しい目《め》をつりあげて、姉《あね》たちを問《と》いつめました。

「違《ちが》うわ！　ガストンよ。あいつが野獣《やじゅう》を殺《ころ》したの。」

ルシンダが言《い》うと、キルケはすかさず言《い》い返《かえ》します。

「でも後《うし》ろで糸《いと》を引《ひ》いていたのは、姉《ねえ》さんたちでしょ！」

そして姉《あね》たちが魔術《まじゅつ》に使《つか》った銀《ぎん》の鉢《はち》をひっつかむと、壁《かべ》に投《な》げつけました。

「あたしたち、あんたが喜《よろこ》ぶと思《おも》ってやったのに。あんたのために……。」

マーサが困《こま》ったように言《い》い、ルビーはふくれっつらになりました。

「よくもまあ、そんなことを！　あの娘《むすめ》を見《み》てよ！　かわいそうに。」

キルケは一枚《まい》の鏡《かがみ》を指差《ゆびさ》しました。

そこではベルが、涙《なみだ》をぼろぼろ流《なが》し、野獣《やじゅう》にすがりついて泣《な》いています。

「あなたを、ほんとうに愛《あい》しているの。」

キルケも、いっしょに泣《な》きだしました。

キルケの心《こころ》は恐《おそ》れと後悔《こうかい》でいっぱいでした。

「こんなことをしたかったんじゃないの。二人《ふたり》がほんとうに愛《あい》し合《あ》っていることがわかったわけだし、ここでもう一度《いちど》、チャンスをあげる。」

「そんな、キルケ。だめよ、だめ。」

三人《にん》の魔女《まじょ》はキルケを必死《ひっし》で止《と》めました。でもキルケの気持《きも》ちは変《か》わりません。

「これ以上何《いじょうなに》か言《い》ったら、姉《ねえ》さんたちの声《こえ》をぜんぶ、アースラにあげてしまうから！」

その勢《いきお》いに、三人《にん》の魔女《まじょ》は文字《もじ》どおり震《ふる》え上《あ》がりました。姉妹《しまい》のなかで、じつはキルケの魔力《まりょく》がとびぬけて強《つよ》いことを、三人《にん》は前《まえ》からよく知《し》っていたのです。

「あとは任《まか》せてくれるわよね、姉《ねえ》さんたち。」

キルケは三人《にん》の魔女《まじょ》を見《み》つめました。

三人《にん》の魔女《まじょ》たちは、震《ふる》えながらうなずきました。

27 めでたし、めでたし

キルケは、ベルと野獣《やじゅう》が映《うつ》っている魔法《まほう》の鏡《かがみ》に手《て》をかけました。

鏡《かがみ》のなかではベルが、息絶《いきた》えた野獣《やじゅう》にすがりつき、泣《な》きじゃくっています。

キルケは鏡《かがみ》の向《む》こうから、やさしくほほえみ、魔法《まほう》の杖《つえ》をベルと野獣《やじゅう》に向《む》けました。二人《ふたり》の上《うえ》に、ばら色《いろ》と銀色《ぎんいろ》の光《ひかり》が降《ふ》り注《そそ》ぎ、野獣《やじゅう》の体《からだ》がふわりと浮《う》き上《あ》がります。

（これは……いったい、どういうこと？）

ベルは目《め》を丸《まる》くして宙《ちゅう》に浮《う》く野獣《やじゅう》を見《み》つめました。

まばゆい光《ひかり》のなかで、野獣《やじゅう》の体《からだ》がゆっくり回転《かいてん》しています。野獣《やじゅう》の脳裏《のうり》に、ガストンやコグスワース、ルミエール、ポット夫人《ふじん》の困《こま》った顔《かお》、チューリップ姫《ひめ》の涙《なみだ》に濡《ぬ》れた顔《かお》、そして美《うつく》しいキルケの激怒《げきど》した顔《かお》が、次々《つぎつぎ》と浮《う》かんでは消《き》えました。

（わたしはなんとわがままで、ごうまんで、冷酷《れいこく》な人間《にんげん》だったのだろう！）

野獣《やじゅう》の目《め》から涙《なみだ》があふれました。すると、野獣《やじゅう》は人間《にんげん》の姿《すがた》に変《か》わりました。キルケが以前《いぜん》、一瞬《いっしゅん》だけ愛《あい》したハンサムな若《わか》い王子《おうじ》の姿《すがた》に。けれども、その顔《かお》にはかつてのようないらだちや冷酷《れいこく》さは、みじんも見《み》えません。キルケはうなずき、また魔法《まほう》の杖《つえ》をふりました。そのとたん、城《しろ》とそこに働《はたら》く人々《ひとびと》にかかった呪《のろ》いも解《と》けたのです。

時計《とけい》や燭台《しょくだい》やティーポットやカップ、家具《かぐ》や調度《ちょうど》に変《か》えられていた使用人《しようにん》たちが次々《つぎつぎ》と人間《にんげん》の姿《すがた》にもどり、歓声《かんせい》を上《あ》げながら、王子《おうじ》とベルの前《まえ》に現《あらわ》れました。

「ああ、王子様《おうじさま》！　わたしたちのだいじな坊《ぼっ》ちゃま！」

「ベル様《さま》、改《あらた》めてようこそ！　未来《みらい》のお妃《きさき》として一同《いちどう》、心《こころ》から、おつかえいたします。」

ポット夫人《ふじん》とコグスワースがさけび、王子《おうじ》はにっこり笑《わら》いました。

「紹介《しょうかい》するよ、ベル！　みんな、わたしのだいじな心《こころ》の友《とも》だちだ。」

「みなさんには、ここへ来《き》てからずっとお世話《せわ》になっていたのよね。ありがとう！」

ベルは心《こころ》から言《い》いました。すると王子《おうじ》が、とつぜんあたりを見回《みまわ》し、

「ガストンは？　わたしの親友《しんゆう》は、どこだ？」

と、さけびだしたのです。ベルはぞっとしました。ガストンはたしか、城《しろ》の塔《とう》から
まっさかさまに落《お》ちたはず……。ところがそのとき、

「見《み》てよ、キルケ！」

ルシンダの大声《おおごえ》とともに、三人《にん》の魔女《まじょ》がガストンをかついで入《はい》ってきたのです。

「こいつったら、塔《とう》の横《よこ》の木《き》の枝《えだ》にひっかかってたの。恥《は》ずかしいったら、ねえ！」

三人《にん》は、ガストンの大《おお》きな体《からだ》をおろしました。

「――やあ、王子様《おうじさま》！　その――気《き》が強《つよ》そうな美女《びじょ》は――誰《だれ》だい？」

ガストンが目《め》を開《あ》けると、聞《き》きました。

「いや、それより狩《か》りに行《い》こう。いやいや、その前《まえ》に、領地《りょうち》を見回《みまわ》りだ！」

ガストンはわめくと立《た》ち上《あ》がり、厩《うまや》に走《はし》っていってしまいました。

「さすがは、キルケ。あいつに、ベルのことだけを忘《わす》れさせるなんて！」

キルケがまた、魔《ま》法《ほう》の杖《つえ》をふると、城《しろ》の玄関《げんかん》で高《たか》らかにラッパが鳴《な》りひびきました。

優雅《ゆうが》なバイオリンの音色《ねいろ》とともに、舞踏会《ぶとうかい》が始《はじ》まります。

王子《おうじ》とベルが、大広間《おおひろま》の中央《ちゅうおう》で、最初《さいしょ》のワルツを踊《おど》りだしました。

「さあ、あたしたちも踊《おど》りましょ！　すべて、めでたし、めでたしよ！」

ポット夫人《ふじん》が、息子《むすこ》のチップの手《て》を引《ひ》いて走《はし》り出《だ》します。

踊《おど》りの輪《わ》のまんなかに、ベルの父親《ちちおや》がひょっこり現《あらわ》れました。キルケが魔《ま》法《ほう》で、病《びょう》院《いん》から救《すく》い出《だ》したのです。

「おお、ベル！　わしのベル！　わしは帰《かえ》ってきたぞ！」

抱《だ》き合《あ》う親子《おやこ》を、王子《おうじ》が抱《だ》きしめました。

キルケはふたたびほほえむと、魔《ま》法《ほう》の鏡《かがみ》から愛《あい》し合《あ》うベルと王子《おうじ》の姿《すがた》を消《け》しました。

キルケと三人《にん》の姉《あね》は、その後《ご》も魔女《まじょ》の館《やかた》で、仲良《なかよ》く暮《く》らしました。

三人《にん》の姉《あね》はときどき海《うみ》の魔女《まじょ》と組《く》んで悪《わる》さをしました。でもそれはまた、別《べつ》の話《はなし》。

王子《おうじ》はよき王《おう》となり、ベルはすばらしい王妃《おうひ》になりました。国《くに》は栄《さか》え、ベルと王子《おうじ》は、ずっと仲良《なかよ》く、幸《しあわ》せに暮《く》らしました。

後《あと》書《が》き

もう一つの『美女《びじょ》と野獣《やじゅう》』

さてみなさん、野獣《やじゅう》がなぜ呪《のろ》いをかけられたか、わかりましたか?

『美女《びじょ》と野獣《やじゅう》』の原作《げんさく》は一七四〇年《ねん》、フランス人《じん》の作家《さっか》ビルヌーブ夫人《ふじん》(Gabrielle《ガブリエル》-Suzanne《スザンヌ》 de《ド》 Villeneuve《ビルヌーブ》)によって書《か》かれました。一人《ひとり》の商人《しょうにん》が旅《たび》からの帰《かえ》り、ある城《しろ》に迷《まよ》いこみ、使用人《しようにん》たちに手厚《てあつ》くもてなされます。翌朝《よくあさ》、商人《しょうにん》が末娘《すえむすめ》ベルのためにと、つい城《しろ》のばらを一輪《りん》折《お》ると、野獣《やじゅう》の姿《すがた》の城主《じょうしゅ》が現《あらわ》れ、もてなしを受《う》けたうえに、だいじなばらまで盗《ぬす》むのかと怒《おこ》って商人《しょうにん》を城《しろ》に閉《と》じこめます。父《ちち》を救《すく》うために城《しろ》に乗《の》りこんだベルは、父《ちち》の身代《みが》わりに城《しろ》で暮《く》らし始《はじ》め、いつしか野獣《やじゅう》と恋《こい》に落《お》ちるのです。ところがある日《ひ》、父《ちち》が病気《びょうき》だと知《し》らされ、野獣《やじゅう》に頼《たの》みこんで十日間《とおかかん》だけ帰宅《きたく》。そのあいだに、ベルから城《しろ》のぜいたくな生活《せいかつ》のようすを聞《き》いた姉《あね》たちが嫉妬《しっと》して、ベルを城《しろ》へ帰《かえ》すまいとします。やがてベルは、野獣《やじゅう》が自分《じぶん》を恋《こい》しがり死《し》にかけている夢《ゆめ》を見《み》ます。姉《あね》たちのわなをのがれて城《しろ》にかけもどったベルが、瀕死《ひんし》の野獣《やじゅう》に愛《あい》していると告《つ》げると、野獣《やじゅう》はたちまちハンサムな王子《おうじ》の姿《すがた》になり、二人《ふたり》は結婚《けっこん》するというお話《はなし》。その後《ご》、一七五六年《ねん》に、同《おな》じフランス人《じん》の作家《さっか》ボーモン夫人《ふじん》（Jeanne-Marie《ジャンヌ マリー》 Leprince de Beaumont《ルプランス ド ボーモン》）による短縮版《たんしゅくばん》が出版《しゅっぱん》され、全世界《ぜんせかい》に広《ひろ》まりました。現在《げんざい》、『美女《びじょ》と野獣《やじゅう》』として親《した》しまれている本《ほん》や映画《えいが》、バレエなどの脚本《きゃくほん》のほとんどは、この短縮版《たんしゅくばん》を元《もと》にしています。古典《こてん》の名作《めいさく》は時代《じだい》の流《なが》れとともに脚色《きゃくしょく》され、新《あら》たな物語《ものがたり》として受《う》け継《つ》がれていくのですね。この本《ほん》でも原作《げんさく》は大胆《だいたん》に脚色《きゃくしょく》され、有名《ゆうめい》な部分《ぶぶん》は、さらりと流《なが》してあります。でも、これも間違《まちが》いなく『美女《びじょ》と野獣《やじゅう》』。みなさんも、そう思《おも》って、この物語《ものがたり》を楽《たの》しんでいただけたら、翻訳係《ほんやくがかり》として大変幸《たいへんしあわ》せです。

（岡田好恵《おかだよしえ》）

KODANSHA

講談社KK文庫　A22-18

Disney

みんなが知《し》らない美女《びじょ》と野獣《やじゅう》

なぜ王子《おうじ》は呪《のろ》いをかけられたのか

2017年４月24日　第１刷発行
2024年10月16日　第13刷発行
著／セレナ・ヴァレンティーノ
訳／岡田好恵《おかだよしえ》
編集協力／駒田文子
デザイン／横山よしみ

発行者／安永尚人
発行所／株式会社講談社
〒112-8001　東京都文京区音羽2-12-21
編集　☎03-5395-3142
販売　☎03-5395-3625
業務　☎03-5395-3615

印刷所／TOPPAN株式会社
製本所／株式会社国宝社
本文データ制作／講談社デジタル製作

ISBN978-4-06-199597-0
N.D.C.933 191p 18cm Printed in Japan